A REALIDADE dos SETE

Melissa Tobias

A REALIDADE dos SETE

Melissa Tobias

São Paulo, 2020

A *Realidade dos Sete*
Copyright © 2020 by Melissa Tobias
Copyright © 2020 by Novo Século Ltda.

EDITOR: Luiz Vasconcelos
COORDENAÇÃO EDITORIAL: Stéfano Stella
PREPARAÇÃO: Daniela Georgeto
REVISÃO: Flávia Cristina de Araujo
DIAGRAMAÇÃO: Plinio Ricca
CAPA: Luis Antonio Contin Junior
IMPRESSÃO: Maistype

Texto de acordo com as normas do Novo Acordo Ortográfico
da Língua Portuguesa (1990), em vigor desde 1º de janeiro de 2009.

Dados Internacionais de Catalogação na Publicação (CIP)
Angélica Ilacqua CRB-8/7057

Tobias, Melissa
A realidade dos sete / Melissa Tobias. - Barueri, SP : Novo Século Editora, 2020.

1. Ficção científica brasileira I. Título

20-2160   CDD B869.3

Índice para catálogo sistemático:
1. Literatura brasileira : Ficção científica

Alameda Araguaia, 2190 – Bloco A – 11º andar – Conjunto 1111
CEP 06455-000 – Alphaville Industrial, Barueri – SP – Brasil
Tel.: (11) 3699-7107 | E-mail: atendimento@gruponovoseculo.com.br
www.gruponovoseculo.com.br

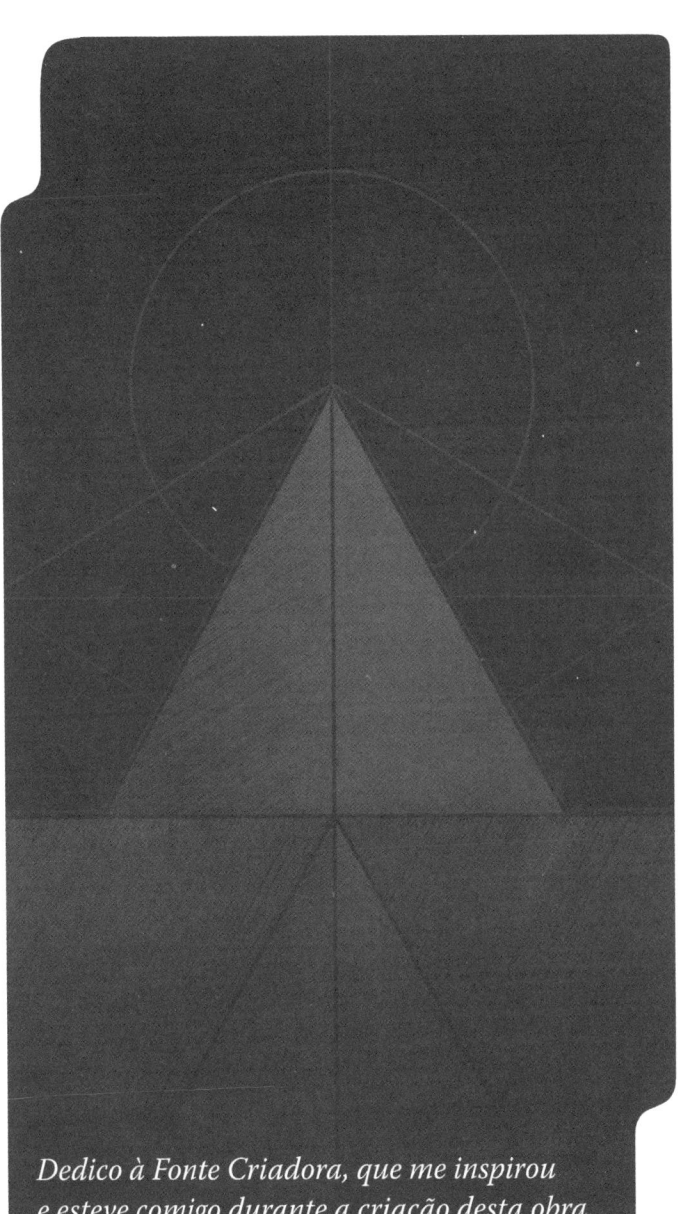

Dedico à Fonte Criadora, que me inspirou e esteve comigo durante a criação desta obra.

AGRADECIMENTOS

Agradeço à naturóloga e instrutora ThetaHealer Anna Lobo, por ter me presenteado com a sabedoria da técnica do ThetaHealing, que serviu como base de conhecimento para a construção desta obra. Também agradeço a todos os que leram *A Realidade de Madhu* e me enviaram mensagens de carinho e gratidão. Foram essas pessoas que me motivaram e não deixaram a história de Madhu acabar.

Gratidão e amor à minha alma gêmea, Fauze Abib, que respeitou meu isolamento necessário para criar esta obra.

E, acima de tudo, agradeço à Fonte Criadora, que na maior parte do tempo esteve em conexão direta comigo enquanto eu escrevia este livro. Sua influência é notável na criação desta história.

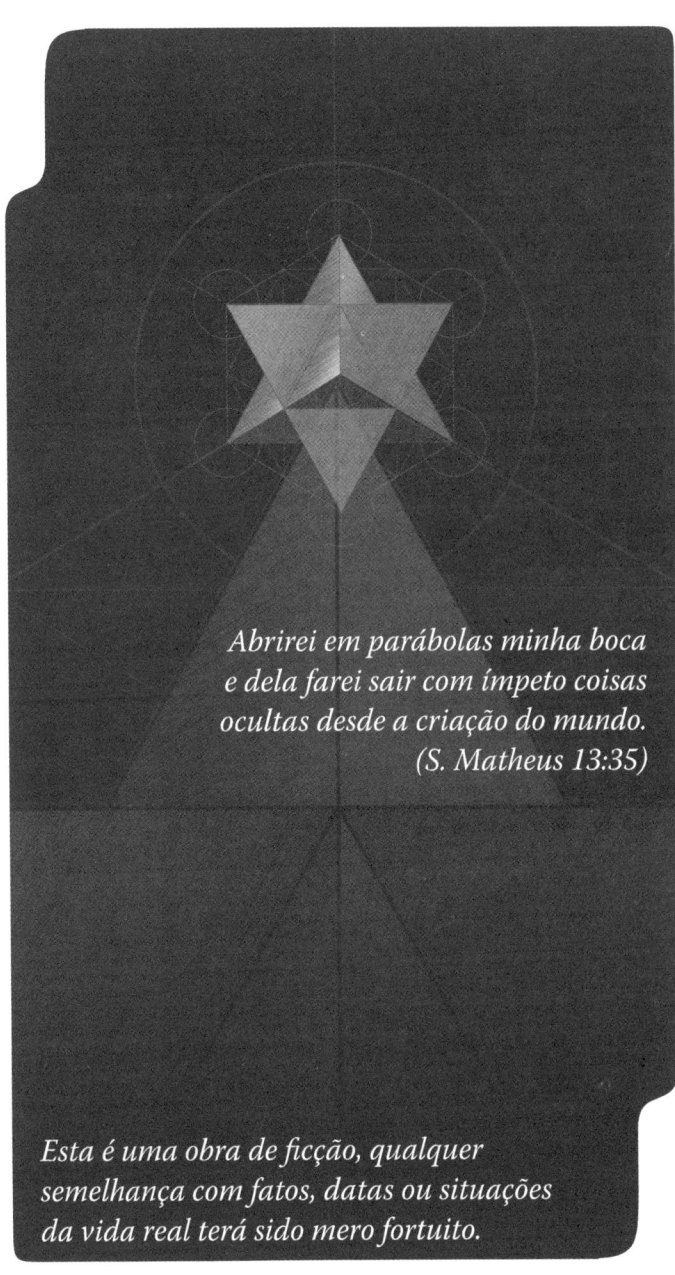

Abrirei em parábolas minha boca e dela farei sair com ímpeto coisas ocultas desde a criação do mundo.
(S. Matheus 13:35)

Esta é uma obra de ficção, qualquer semelhança com fatos, datas ou situações da vida real terá sido mero fortuito.

PRÓLOGO

Em 2020, assim que a Terceira Realidade se expandiu, penetrando todos os multiversos, a semente de um novo ciclo começou a ser germinada no planeta Terra. Esse foi, enfim, o início de uma Nova Terra. A partir desse ponto, o planeta começaria a deixar de ser uma Terra de expiação e provas para, aos poucos, tornar-se um mundo de regeneração, onde o aprendizado viria pelo amor, e não mais pela dor.

No novo mundo de regeneração, a humanidade não seria perfeita, porém as pessoas estariam dispostas ao aprimoramento espiritual, calcado na compreensão de que não existe salvação fora da fraternidade.

Ao longo do tempo, as mudanças foram grandes. A tecnologia passou a reger o novo sistema socioeconômico. Todas as pessoas passaram a ser monitoradas pela

A REALIDADE DOS SETE

Suprainternet – internet comandada por uma inteligência artificial que imita a inteligência de um ser iluminado e sua índole –, através de sua zeptalente, um colírio contendo zeptapartículas que penetram no globo ocular, instalando-se em nervos ópticos e em locais específicos do cérebro.

A zeptatecnologia substituiu a nanotecnologia, que se tornou obsoleta. *Zepta* é um valor de medida bem menor que *nano*. Dessa forma, a zeptalente conectava o cérebro e a mente do indivíduo com a Suprainternet.

Com a zeptalente, o humano era capaz de abrir uma tela holográfica na sua frente apenas com um comando corporal, como abrir a mão ou levantar a perna. Somente ele via e ouvia sua própria tela holográfica, que tinha todos os recursos de um smartphone ou de um computador, que deixaram de ser usados. E a zeptalente ia muito além dos recursos arcaicos de tais aparelhos antigos. A tela holográfica podia ser compartilhada somente quando o usuário permitia.

O mais importante era que a zeptalente captava as emoções e ações do indivíduo e as enviava para a Suprainternet, que fazia o julgamento dos méritos de todas as pessoas adultas do mundo. A pessoa era recompensada, ganhando créditos com o banco da Suprainternet, a cada vez que praticasse o bem ao próximo e trabalhasse em prol da coletividade, e também conforme as emoções e os pensamentos ligados à compaixão. Quanto mais benevolente era, mais créditos a pessoa recebia.

Quanto maior fosse a pontuação de créditos com o banco da Suprainternet, melhor seria o estilo de

PRÓLOGO

vida e maiores as regalias que o indivíduo poderia ter. Com bons créditos, era possível, por exemplo, usar um *Flut B14* – carro movido a energia solar que levita por magnetismo –, para viajar com maior conforto e rapidez, morar em casas biofílicas, com zeptavidros de alta tecnologia, tendo grande privacidade e muito conforto, entre outros privilégios.

Não havia mais o conceito de "comprar" ou "ter". Os créditos eram usados para alugar, ou seja, davam ao indivíduo a permissão de utilizar aquilo de que precisava ou que desejava. Nada era descartado, tudo era reciclado. O descuido com objetos, moradias, natureza e locais públicos acarretava perda de créditos.

Somente pessoas com um nível muito alto de créditos podiam morar na Cidade de Vidro, na Lua, onde o cérebro da Suprainternet vivia.

Quando o valor do crédito de uma pessoa ficava abaixo dos níveis aceitáveis para um mundo de regeneração, ela era enviada a uma das muitas Clínicas do Amor para receber um tratamento adequado, para se reequilibrar. Se não conseguisse se adequar às normas, e dessa forma adquirir o sentimento de respeito e amor ao próximo, era enviada para algum abrigo e isolada da sociedade. Essas pessoas eram conhecidas como *bolhas*.

Porém, nesse novo sistema socioeconômico, o homem ainda era falível, e o espírito do mal não havia perdido completamente o domínio sobre os humanos. Por esse motivo, seres gananciosos poderiam encontrar brechas no novo sistema, e o projeto de uma Nova Terra de regeneração estaria à beira da destruição.

** REGISTROS AKÁSHICOS **

MEMÓRIAS DE GAEL

CAPÍTULO 1

Planeta Terra, ano de 2057.

Estou decidido a deixar meus créditos acima de cinquenta, quem sabe assim me levam mais a sério no trabalho e passam a ter mais consideração pelas mudanças que proponho, pensou Gael.

Trabalho na sede da Suprainternet, em Brasília, cidade que é a base e o coração do planeta Terra. Sou engenheiro de software, formado pelo Massachusetts Institute of Technology (MIT), em Cambridge, nos Estados Unidos, graças aos créditos que consegui trabalhando por dois anos ajudando médicos holísticos sem fronteira ao redor do mundo, e também pela minha inteligência, é claro. Na época em que trabalhava ajudando médicos, meus créditos nunca ficavam abaixo de setenta, pois a compaixão é fortemente despertada quando a gente vê o sofrimento de uma criança órfã ou coisa do tipo. E foi assim que consegui o emprego na sede da Suprainternet, no Brasil.

Ontem fiz uma meditação antes de dormir, para acordar mais em paz e ter um bom dia, e, assim, tentar melhorar meus créditos. Eu, fazendo meditação. Realmente estou desesperado. Que bosta! Moro com dois amigos que trabalham comigo na sede da Supra. Acordei antes deles, tomei meu *detox*, que tem um gosto horrível de mato, mas ajuda a desintoxicar a mente de más vibrações do *caralho-a-quatro-do-sei-lá-o-quê*. Não é fácil conseguir créditos! É um pé no saco.

Abri minha tela holográfica para ver meus créditos: 34.2, o mesmo de ontem antes de ir dormir. Ou seja, terei que ir novamente de bike solar para o trabalho. Não tenho crédito para um BusFlut e muito menos para um UberFlut. Mas tudo bem, isso vai mudar. Tentei pensar em coisas boas e sentir gratidão, para não deixar minha boa *vibe* cair. Seria bom se eu encontrasse um filhote de passarinho caído no chão, todo arregaçado, ou coisa do tipo, assim eu poderia salvar a vida da pobre criatura e melhorar meus créditos, mas não tive nenhuma oportunidade de obter algum bônus no trajeto de casa até o trabalho. E só tenho essa pontuação de créditos graças ao meu trabalho, pois, se dependesse da minha espiritualidade, eu seria um bolha, vivendo em algum abrigo por aí.

Estacionei a bike solar e entrei na sede da Supra, que é um imenso prédio todo de zeptavidro. Cumprimentei

CAPÍTULO 1

o recepcionista da forma mais educada que pude. Abri minha tela holográfica: 34.3, ganhei 0.1 ponto por ter sido simpático com o recepcionista. Tá, vou ter que fazer melhor. Bolar uma estratégia, talvez.

A sede da Suprainternet é um imenso espaço de *coworking*, onde todo mundo trabalha junto. Há ambientes de todos os tipos: biofílico no meio do mato, zen-budista não sei das quantas, futurista, retrô com mesas e cadeiras de escritório antigo, e até um ambiente com camas, para quem gosta de trabalhar deitado ou recostado em travesseiros. Eu sempre escolho o mesmo ambiente, o futurista, todo monocromático e claro, repleto de zeptavidros. Eu me sinto bem nesse ambiente, ele me inspira, e fica bem longe do ambiente zen, onde trabalham os malucos que se acham os "evoluídos porteiros do mundo de regeneração", viciados em manter altos créditos com a Supra e que parecem olhar sempre com um certo desdém para os pobres seres involuídos como eu. Grandes seres evoluídos eles! Este mundo é uma grande hipocrisia.

Estava eu trabalhando em paz, no ambiente futurista, totalmente focado nas minhas tarefas, quando fui tirado do meu universo magnífico dos números por uma doida daquelas que só ficam no ambiente zen. *O que essa criatura quer de mim?*, pensei.

– Gael, você já ouviu falar em "Os Sete: os precursores da Terceira Realidade"? – perguntou a garota.

O nome dela é Camila. Ela é nova, não muito inteligente, mas toda metida a espiritualizada. Foi efetivada na Supra por ter desenvolvido um aplicativo muito doido que emite ressonância magnética em hertz para curar doenças. Ela me irrita um pouco, fala demais. No refeitório, às vezes, só se ouve ela falando. Ela é baixinha e magra, tem cabelo curto, castanho, todo rebelde.

– Não – foi tudo que eu respondi.

Era melhor não dar muita trela para a Camila. Com ela, era preciso ser curto, mas sem ser grosso, para não perder créditos.

– Eles me procuraram, sei lá para que, mas estou totalmente sem tempo. Será que você não poderia ajudá-los? – perguntou.

E de onde ela tirou que eu tenho tempo de sobra?, pensei. Mas então me lembrei de que precisava melhorar meus créditos. E ajudar pessoas melhora significativamente o seu nível de crédito com a Supra.

– Ajudar como? De que eles precisam? – perguntei.

– Sei lá! Eles querem um encontro presencial com alguém aqui da Supra que entenda de software para ajudá-los em alguma coisa, mas não quiseram dizer por mensagem mental o que era especificamente. Fiquei bem curiosa, mas estou sem tempo mesmo. Comecei a trabalhar como voluntária no plantio da nova Floresta Renascer de Brasília. Saio daqui e vou direto plantar árvores. Você quer ir comigo plantar árvores? Ainda tem vaga. Vamos? É um pessoal bem legal. A gente canta mantras, faz dança circular e...

CAPÍTULO 1

— É... obrigado pelo convite de plantar árvores e tal, mas não vai rolar. — Achei melhor interrompê-la antes que ela desatasse a falar. *Mas que guria mais sem foco!*, pensei. — Mas posso tentar ajudar os... como é o nome mesmo?

— Os Sete: os precursores da Terceira Realidade. Interessante esse nome, né? O que será que eles fazem? Eu tentei descobrir pesquisando no SupraGoogle, mas não encontrei nada sobre eles. A pesquisa me levou até um site bem sinistro com uma contagem regressiva e uma música com bastante 432 hertz. Ou seja, coisa ruim não deve ser, né!? Vou passar o contato deles, aí você vê o que eles querem. E depois me conta tudo, por favor. Nossa! Tô *mega-extra* curiosa! Você vai me contar, né?

— Tá, claro. Depois eu pego o contato deles no seu canal da Supra.

Eu estava desesperado para me livrar logo da Camila. Será que ela não sentia dor na garganta de tanto falar?

— Sabia que você ia ajudar! Afinal, está precisando melhorar seus créditos. Nem na linha amarela está mais. Você já está na linha laranja, prestes a ser enviado para uma Clínica do Amor. A sua deve ser uma das piores pontuações de crédito aqui da sede. Mas eu não o julgo. Sabe como é, para algumas pessoas é mais difícil mesmo buscar o equilíbrio dos hemisférios cerebrais, e seu trabalho exige muito raciocínio lógico — disparou a tagarela irritante.

A REALIDADE DOS SETE

Se ela continuar falando, vou chegar à linha vermelha em questão de segundos, pensei.

– Obrigado, Camila. Tenho que trabalhar agora. – Encerrei, já de olho na minha tela holográfica conectada à Supra.

– Tá bom. Eu também tenho que voltar ao trabalho. Depois a gente se fala. Vai me mantendo informada. – E finalmente a doida saiu do meu pé.

Foi um dia de trabalho bem rotineiro, e por mais que eu me esforçasse para melhorar meu estado de espírito e ganhar créditos, tive apenas um aumento insignificante. Mas o dia não tinha acabado, então ainda havia esperança para mim. Entrei na rede social da Camila para pegar o contato dos *precursores-não-sei-do-quê*. A imagem de perfil da Camila era uma foto dela abraçando uma árvore, e abaixo da foto ficava o número da pontuação de crédito dela, atualizado, ao vivo. A matraca irritante estava com invejáveis 78.3 créditos. Uma matraca irritante que gosta de exibir seu bom coração cheio de amor. *Tem alguma coisa errada neste mundo. É sério!*, pensei.

Peguei o contato dos Sete e telepatizei com eles assim que saí da Supra, no final do meu turno. Uma mulher com voz sinistra atendeu, mas não falou "Oi, namastê" nem nada do tipo, e foi logo dizendo: "Nos encontre no Templo da Boa Vontade, na Sala Egípcia, daqui a quinze minutos" e *puf!*, desligou. Ok, melhor uma voz sinistra, mal-educada, curta e grossa do que uma matraca ambulante e irritante como a Camila.

CAPÍTULO 1

Do prédio da Supra até o Templo da Boa Vontade davam exatamente quinze minutos de bike solar, então fui direto para lá. Cheguei bem na hora que a Pira Sagrada em frente ao Templo da Boa Vontade estava sendo acesa. A Pira simbolizava a solidariedade universal e representava a chama da fraternidade ecumênica, que jamais se apagará nos corações de homens e mulheres de boa vontade e *blá-blá-blá*. Todos os dias, às seis horas da tarde, a Pira é acesa para lembrar o momento da Hora do Ângelus. Nem sei que porra é essa de *Ângelus*.

O monumento era bem antigo e foi construído com base no número sete, que simboliza a perfeição. Era uma pirâmide de sete faces, com um imenso cristal no topo, conhecido como o maior cristal do mundo. No centro do templo havia um labirinto espiral no piso com sete faixas escuras e sete claras, e nele o povo andava em meditação até alcançar o centro da pirâmide, em cujo topo ficava o grande cristal. Algumas pessoas caminhavam na espiral, em meditação, naquele momento. Passei margeando o labirinto e fui direto à Sala Egípcia. Estava fechada.

— A Sala Egípcia já fechou, meu jovem — disse uma senhora de cabelos brancos e olhar de velhinha bondosa. Vestia a túnica dos voluntários que trabalhavam no templo.

Antes que eu pudesse agradecer pela informação, a porta da Sala Egípcia se abriu e uma mulher de aproximadamente quarenta anos surgiu.

A REALIDADE DOS SETE

– Obrigada, Zilda. Esquecemos de avisar que estávamos esperando este rapaz para a reunião – disse a mulher para a voluntária.

– Peço desculpas, meu jovem. Boa reunião para vocês – disse Zilda.

– Entre, Gael, seja bem-vindo – disse a mulher.

Já dentro da Sala Egípcia, pude apreciar pinturas nas paredes que reproduziam cenários do Egito, como a grande esfinge de Gizé, o Vale de Gizé e as três pirâmides – Quéops, Quéfren e Miquerinos –, além de réplicas da mobília da época. No teto, estavam pintados os *sete céus*, que representavam os sete dias da semana e toda a mística do número sete, de que eu não entendia porra nenhuma. No centro da sala havia exatamente oito cadeiras, formando um círculo, com sete pessoas, além de mim: quatro mulheres e três homens.

A mulher indicou que eu me sentasse na cadeira vaga. Uma suave música meditativa tocava no ambiente. A iluminação era agradável, semelhante a um pôr do sol. A sala recendia a incenso de alfazema. Sete pares de olhos me observavam. Senti um arrepio doido nas profundezas da espinha dorsal.

– Mais uma vez, seja bem-vindo, Gael. Eu sou Marta – disse a mulher que me recebeu na porta, e então começou a apresentar as outras pessoas que estavam na sala, apontando cada um. – Estes são Mônica, Alexandre, Katia, Larissa, Rafael e Francisco. Somos Os Sete: os precursores da Terceira Realidade encarnados na Terra.

CAPÍTULO 1

— Precisamos de sua ajuda, pois nada entendemos de tecnologia, que será fundamental para o início da aprimoração da Terceira Realidade — explicou Alexandre, um homem magro, loiro e de olhos claros que usava roupa branca e um pingente de ouro, representando a Estrela de Davi, pendurado no pescoço por uma corrente também de ouro.

— O que é mesmo a Terceira Realidade? — perguntei, meio constrangido.

Era embaraçoso não estar a par dos acontecimentos baseados na espiritualidade, já que devemos aprimorá-la para ganhar créditos com a Supra.

— A Terceira Realidade é a quinta dimensão consciencial que foi plantada no fim de 2019. Logo em seguida vieram os ceifadores fazendo a limpeza na Terra para iniciar a mudança proposta. Em 2035, os três ceifadores terminaram seu trabalho e a Terceira Realidade estava livre para começar a germinar. E agora está sendo regada pelos trabalhadores da última hora. Nós, os precursores dessa nova realidade, nascemos com a missão de abrir o grande portal para a quinta dimensão consciencial. Você nos ajudará a preparar o terreno para o início de nossa missão — respondeu Larissa, uma garota jovem, que devia ter uns dezessete anos.

Ela era muito bonita. Tinha longos cabelos castanhos, cheios de cachos bem definidos, e rosto redondo, como uma fada. Não parecia real. Até a sua voz parecia vir do além. Era magra e de estatura baixa.

A REALIDADE DOS SETE

– A Terceira Realidade nasceu da junção entre a Realidade da Fonte Primordial e a Realidade de Lúcifer. Nós vivíamos dentro da Realidade de Lúcifer, mas tínhamos a Fonte oculta em nossos corações, pois somos filhos da Fonte, e essa é a nossa mais pura essência. Com o despertar de nossa essência, a Fonte resplandeceu dentro da Realidade de Lúcifer, fazendo nascer a Terceira Realidade. Nessa nova realidade, continuamos usando o que de bom a Realidade de Lúcifer nos trouxe, como o livre-arbítrio e a tecnologia sintética. E estamos eliminando aquilo que a Realidade de Lúcifer tinha e que nos trazia sofrimento: a ilusão da dualidade e a separação da Fonte Primordial de Amor – interveio Mônica, uma senhora com cara de tia legal, daquele tipo que puxa a orelha meio na brincadeira, que faz bolo gostoso e tem a porta da casa aberta para todo mundo.

– Cada um de nós, Os Sete, representa um plano existencial. Através de nossa conexão com o plano de existência que representamos, recebemos a mensagem de que está na hora de iniciar mais um passo em prol da evolução humana. Um passo muito importante. Talvez o maior que a humanidade já viu – disse Francisco.

Ele era o mais velho dos sete. Parecia a personificação do Dumbledore de *Harry Potter*. Barba branca, cara de mago, voz meio rouca.

– E qual é esse passo? Como posso ajudar nessa coisa? – perguntei, curioso. Estava curtindo aquele mistério todo.

CAPÍTULO 1

– Precisamos preparar a humanidade para a chegada das primeiras naves extraterrestres de irmãos galácticos – respondeu Rafael, parecendo assustado.

Ele devia ter a minha idade, uns vinte e três anos. Parecia agitado e não combinava muito com os demais integrantes do grupo. Falava rápido e de forma ansiosa. Era magro, moreno e de estatura mediana.

– Precisamos de alguém que entenda de tecnologia. Mais especificamente de software, e que conheça bem a Suprainternet. Se você chegou até nós, é porque foi o escolhido.

– Então... eu adoraria ajudar vocês, mas acho que não sou a pessoa certa. Estou aqui apenas substituindo a minha colega de trabalho, Camila. Na verdade, foi ela que vocês procuraram.

– Não, meu jovem. Nada é por acaso. A mensagem que recebemos da espiritualidade foi clara. O escolhido seria aquele que atravessasse a porta da Sala Egípcia, hoje, às dezoito horas – disse Mônica.

Aquele clima meio místico, sinistro, estava causando um efeito doido no meu corpo. Fiquei todo arrepiado quando a Mônica falou que eu era o escolhido. Eu me senti o Neo do filme *The Matrix*. Meu corpo até estremeceu.

– E o que devo fazer? – indaguei.

– O primeiro passo é desenvolver uma tecnologia na qual seja possível a comunicação dos humanos encarnados com os humanos desencarnados. E você nos ajudará nesse primeiro passo – respondeu Marta.

– Eu sou um mero programador, moça. Como vou fazer isso? Não entendo nada das leis da física do mundo dos espíritos e coisas do tipo, se é que isso existe.

– Mas saberá o que fazer! Nós iremos ajudá-lo. Você será preparado. – disse ela.

– Podemos contar com a sua ajuda? – perguntou Mônica.

– Acho que esse negócio vai ser bem sinistro. Eu topo. – respondi com sinceridade, mas minha empolgação mesmo era com a possibilidade de melhorar meus créditos com a Supra, ajudando um bando de médiuns que pareciam importantes.

– Ótimo! Então esteja aqui amanhã, nesse mesmo horário – pediu Francisco.

CAPÍTULO 2

Acordei me lembrando da Sala Egípcia, da reunião com Os Sete e das coisas que eles tinham falado, e durante o trabalho não tirava da cabeça aquele papo de *alienígenas pousando na Terra* e *aparelho de comunicação com espíritos*. Será que esses tais Os Sete falaram mesmo em chegada de naves alienígenas? De duas uma, ou aquelas sete pessoas sofriam seriamente de delírio ou eu estava prestes a participar de algo bem grande.

Todos da Supra almoçavam no refeitório da sede. O almoço começava a ser servido ao meio-dia em ponto e terminava às treze horas, ou seja, todos os funcionários da Supra se encontravam no enorme refeitório no mesmo horário.

A REALIDADE DOS SETE

O prato do dia era carne feita com casca de banana, grão-de-bico, purê de batata e salada com quinoa. Fiz meu prato dispensando a salada, peguei um chá de gengibre e busquei um local bem tranquilo, o canto mais vazio do refeitório, para me sentar. Queria comer em paz, sozinho. Mas eu não estava com muita sorte...

– Posso me sentar com você? – perguntou Camila, segurando um prato transbordando salada. Parecia comida de coelho.

– Fique à vontade – respondi, sem esconder a falta de empolgação em dividir a mesa com ela.

Ela mal se sentou e já começou o falatório:

– E então, como foi com Os Sete? Conte-me tudo! O que eles querem? Tem alguma coisa a ver com cerimônias celtas? Nossa, eu adoro batuque e cerimônias celtas! – falava ela, empolgada.

– Não. Acho que não tem nada a ver com coisas celtas. Eles querem ajuda com software. Mas só vão me explicar hoje do que se trata exatamente. – Tentei ser evasivo para não deixá-la curiosa. Eu só queria comer em paz.

– Vai ser ótimo você poder ajudá-los. Você é a pessoa com menor número de créditos com quem tenho contato. Estou disposta a ajudá-lo a evoluir. Você precisa praticar meditação três vezes ao dia, durante trinta minutos cada vez, no mínimo. E melhorar a alimentação – disse, olhando para o meu prato. Eu já estava ficando de saco cheio daquela garota metida

CAPÍTULO 2

a evoluída. Mas ela não parou: — E também precisa melhorar a educação, ser mais simpático...

— Já entendi, *Madre Teresa de Calcutá*, pode deixar que da minha espiritualidade cuido eu — falei sem pensar, interrompendo-a.

Isso é errado, mas estava cheio daquela garota. Ela precisava de um basta, e uns pontinhos a menos de crédito com a Supra não fariam tanta diferença àquela altura do campeonato. Eu recuperaria tudo no mesmo dia, e ainda aumentaria o que já tinha, ajudando Os Sete.

Camila respirou fundo, fechou os olhos e fez cara de santa ao abri-los novamente, antes de responder:

— Ser grosso e impaciente com uma pessoa que está tentando fazer algo por você não o ajuda em nada. Assim vai acabar se afundando ainda mais. Você não pode dar respostas automáticas que vêm da parte primitiva do seu cérebro, precisa pensar antes de falar.

— Estou com preguiça de pensar agora, então me faça um favor: saia de perto de mim antes que eu me afunde ainda mais. Pode ser? — disse calmamente, sem irritação desta vez, para não perder mais créditos com a Supra.

A garota começou a ficar com o rosto vermelho e cara de choro. Reparei que suas mãos tremiam quando ela pegou o prato com salada transbordando e se levantou. Pelo menos ela tinha entendido o recado — que aliás, foi bem claro — e saiu sem dizer nem mais uma palavra. Valeu a pena ter perdido alguns pontos de crédito para me livrar daquela criatura. Mas, depois que ela saiu, me bateu um pouco de remorso, fiquei com dó. Só que a culpa era da própria Camila, que não tinha trava na língua nem desconfiômetro. Fiquei até com medo de olhar minha pontuação de crédito depois que a irritação passou.

Finalizei meu expediente e fui pegar a bike solar para ir ao Templo da Boa Vontade me encontrar com Os Sete, mas a bike não destravava. Aquilo não era um bom sinal. A seguinte mensagem apareceu na minha tela holográfica, no aplicativo de veículos de transporte: "Saldo insuficiente para utilização de bike solar". *Que merda!*, pensei. Andei duas quadras até encontrar um patinete solar, mas apareceu a mesma mensagem: "Saldo insuficiente". O aplicativo mostrava que havia uma bicicleta comum disponível, a duzentos metros. Então caminhei essa distância para pegar uma bicicleta antiga, daquelas em que é preciso pedalar, usar a força do próprio corpo para mover a coisa que, por sinal, é pesada e lenta.

Cheguei ao Templo da Boa Vontade quase meia hora atrasado, suando horrores, pois não estava acostumado a exercício físico. Às pressas, fui até a Sala Egípcia.

Mônica abriu a porta antes mesmo de eu chegar. Ela estava me esperando com um sorriso no rosto. Fiquei mais tranquilo ao notar que não receberia um discurso moralista pelo meu atraso. Precisava recuperar meus créditos antes de voltar para casa, não queria ter de andar em uma bike primitiva de novo. Isso se eu ainda tivesse casa.

CAPÍTULO 2

– Desculpem meu atraso – fui logo falando, ainda sem fôlego, em razão de todo o exercício que havia feito para chegar até ali. – Tive um imprevisto. É sério! Tem alguma coisa errada neste mundo – desabafei, novamente sem pensar. Eu estava meio sem foco.

– Lamento o ocorrido. E você tem razão: tem, sim, algo de errado neste mundo – disse Mônica, enquanto nos acomodávamos em nossas cadeiras egípcias.

Então ela continuou, como se tivesse adivinhado o que tinha acontecido, e como ela parecia ser médium, talvez tivesse mesmo adivinhado:

– Não é correto esse novo sistema socioeconômico. A evolução das almas desacelerou drasticamente com o novo sistema financeiro imposto por uma inteligência artificial para corrigir o mundo. Uma inteligência artificial não tem inteligência emocional e espiritual, e acabou abrindo terríveis precedentes para a vaidade e a hipocrisia.

– É a primeira vez que ouço alguém dizendo isso, e concordo com tudo – disse, com sinceridade.

Então cumprimentei os outros seis médiuns que me esperavam na Sala Egípcia, sentados nas cadeiras, em círculo.

– Boa tarde, pessoal. E, mais uma vez, me desculpem pelo atraso.

– Nós entendemos seu atraso, meu jovem, e sabemos que a culpa não é sua – disse Francisco. E continuou: – As pessoas passaram a praticar o bem ao próximo em troca de regalias, e não pelo desejo real de querer que o outro esteja bem. Passaram a elevar suas emoções e suas mentes com técnicas conhecidas, não em busca da união com a Fonte, mas para ganhar créditos com a Suprainternet. Ainda há a fuga e o medo do autoconhecimento, mas agora essa fuga se esconde atrás de uma falsa espiritualidade. O mundo está muito mais pacífico, é claro, e mais justo, porém essa desaceleração da evolução humana nos preocupa.

– Não fique se achando pouco evoluído, Gael. Não sinta culpa por ter pouco crédito com a Supra – abordou Rafael. – Eu sou médium, pertenço a um nobre grupo que ajuda a humanidade, e meus créditos estão abaixo dos seus. Isso porque eu me aceito como sou, não engulo sapos, falo a verdade, por mais que doa, e a verdade acaba por me desfavorecer. A verdade me deixou pobre. E parece que é o que está acontecendo com você. Não se envergonhe de quem você é. Feio é a falsa humildade, a falsa espiritualização.

– Mas não se preocupe, vamos mudar esse sistema financeiro, e você vai nos ajudar – disse Larissa.

– O mundo ainda está longe de alcançar o ápice da regeneração, muitos neste planeta ainda estão em expiação e provas. A era da regeneração vai durar aproximadamente dezesseis mil anos, e está apenas no começo, ainda há muito a ser regenerado, ainda há muitos erros – disse Francisco, com sua voz rouca de Albus Dumbledore.

CAPÍTULO 2

— Mas, mudando de assunto, vamos ao que interessa — começou Mônica.

— A humanidade sofreu três feridas narcísicas: a primeira foi quando descobriu, por Nicolau Copérnico, que a Terra não era o centro do universo; a segunda ocorreu com a investigação biológica de Darwin, que roubou a aparente superioridade do homem sobre a especial criação e repreendeu-o com a descida ao reino animal; e a terceira se refere à pesquisa psicológica de Freud, que revelou que a consciência não é o centro da razão humana e que somos guiados por um estúpido sistema, que é o subconsciente. Cada uma dessas feridas criou uma mudança de paradigma no inconsciente coletivo, marcando uma expansão de consciência. Agora, estamos prestes a encarar mais duas grandiosas feridas narcísicas: a prova definitiva e incontestável da existência do mundo espiritual, e sua lei de karma e renascimento, e a prova da existência de extraterrestres, que vai tirar a ilusão dos humanos de que são seres inteligentes e únicos no universo.

— Tá falando sério? — perguntei, animado.

Eu não acreditava nem desacreditava nessa coisa de extraterrestres, mas fiquei muito empolgado com a possibilidade de eles existirem. Sempre gostei de filmes de ficção científica com alienígenas.

— Sim, estamos falando sério — respondeu Francisco.

— Nossa missão neste momento é preparar o terreno para a chegada dos nossos irmãos de outros orbes — o Dumbledore de *Harry Potter* falou com uma voz diferente e de um jeito todo estranho, como se fosse do século 19 ou coisa assim, devia estar possuído por algum espírito, e continuou: – Estás a se juntar a nós para que venha a criar um aparato comunicador com seres espirituais, e assim, com tais saberes, antes ocultos pela cegueira dos restritos sentidos humanos, o homem poderá dar o seu primeiro passo para aceitar nossos irmãos galácticos e se preparar para a chegada do último e destrutivo ceifador – concluiu ele.

Sério, juro que estava sentindo cheiro de museu e de coisa antiga no ambiente naquele momento.

– Entendi, vocês querem que eu crie um aparelho que se comunica com espíritos do além. – Uma coisa era certa: eles não entendiam nada de programação de software. – Desculpem, pessoal, mas eu trabalho com códigos matemáticos que nada têm a ver com espiritismo ou coisas assim. Não vejo como isso seria possível.

– É aí que se engana, Gael. Matemática tem a ver com tudo, e não apenas com o mundo material – informou Marta. – E, como já dissemos, iremos orientá-lo. Na verdade, nossos amigos espirituais vão conduzi-lo. É para isso que você está aqui. Hoje você receberá informações importantes. Dentre muitas coisas, vai aprender geometria sagrada, física quântica espiritual, eletromagnetismo e kabbalah holística. Vamos lhe dar todas as ferramentas necessárias para que desenvolva um software de comunicação com o mundo dos espíritos.

– Então tá! Se acham que é possível, não custa tentar. Vai ser interessante – respondi, meio cético. – Estou pronto. Se já quiserem começar... – falei, animado.

CAPÍTULO 2

Estava curioso para estudar todas aquelas coisas de que Marta havia falado.

Mônica fechou os olhos e parecia estar se concentrando para receber um espírito. Todos ficaram em silêncio, então achei melhor também ficar. Estava começando a me dar sono aquele clima zen. Mas, de repente, despertei totalmente quando Mônica começou a falar:

– Que a luz do Pai Oxalá nexe inxtante abenxoa voxeis, meus fios. Que cubra voxeis com a luz divina. Não vim aqui para enxiná, pois nada carece xaber quem tem a xentelha divina no coraxão. Vim aqui para abrir as portas, movê as vendas. A porta da habitaxão do Eu xuperiô dos fios e fias. Tudo que precisá xabê tá noxeis. Vamos fechá noxos zóios, respirá fundo... – e continuou falando, guiando todos os presentes na sala a uma meditação profunda.

Fui fazendo tudo o que Mônica, ou melhor, o espírito que estava em Mônica, pedia. E não tenho palavras para relatar o que aconteceu. Cara, se existe Nirvana, foi o que senti. Entrei no Nirvana e demorei para perceber que estava soluçando de tanto chorar. A emoção foi do caralho! Ops, desculpem o palavrão. Naquele momento, eu me esqueci de todos os problemas. Eu me esqueci do meu crédito baixo com a Supra, de que poderia ser enviado a uma Clínica do Amor, até do meu nome eu me esqueci. Sério, não existia mais "eu", o que existia era o "Eu", unido com tudo o que existe. Foi a experiência mais intensa da minha vida. Pensei que os espíritos iriam me ensinar as coisas que precisava saber para criar um projeto de comunicação com o além, mas quem começou a me ensinar foi o "Eu" do futuro. E o mais bizarro foi que o "Eu" não me ensinou com palavras, mas sim com uma esfera luminosa colocada na minha cabeça. Foi só isso que o "Eu" fez: inseriu uma esfera de luz pelo topo da minha cabeça. Era como o personagem Neo do filme *The Matrix*, que fazia downloads de lutas no cérebro em questão de segundos. Aprendi coisas bem complexas, decodificando aquela bola de luz em poucos minutos. Foi incrível!

Depois que a meditação acabou, voltei ao estado cerebral de vigília, enxuguei os olhos, que estavam cheios de lágrimas, e notei que sete pares de olhos me observavam. Pareciam orgulhosos de mim. O espírito que tinha estado em Mônica já havia ido embora. Naquele momento, senti um pouco de vergonha por ter chorado igual a uma criancinha.

– Se tínhamos alguma dúvida de que você poderia realmente ser o escolhido, agora não temos mais – disse Marta. – É bem raro ter a paranormalidade de dobrar a lei do tempo, Gael. Estamos felizes com a certeza de que encontramos o caminho certo.

– Paranormalidade? Então quer dizer que o "Eu" lá do futuro veio mesmo enfiar uma bola cheia de informações no meu cérebro? – perguntei, retoricamente. – Cara, foi muito louco! – Foi tudo o que eu disse, parecendo um idiota.

CAPÍTULO 2

– Você recebeu uma mensagem muito extensa. Vai demorar algumas horas, talvez dias, até decodificar toda a informação – explicou Mônica. – Não se apresse. Agora você saberá o que fazer. Aguardaremos. Quando finalizar o seu trabalho, nos avise imediatamente.

– Claro! Eu meio que já decodifiquei algumas coisas. Já sei por onde começar – respondi.

– Que ótimo! – disse Mônica. – Então terminamos por hoje.

Saí do Templo da Boa Vontade num estado emocional tão de paz com a vida que tudo parecia perfeito. A bike primitiva estava no exato local onde eu a havia estacionado. Lógico, são raras as pessoas pobres como eu que precisam usar uma bike primitiva. Abri a tela holográfica, para verificar se havia conseguido créditos necessários para ir embora de bike solar, e fiquei satisfeito com o que vi. Depois daquela meditação doida, acreditava ter ganhado uns pontinhos de crédito com a Supra, e foi o que aconteceu. Ao acessar meus créditos, vi que tinha obtido 34.4 pontos. Na verdade, pensei que tivesse aumentado bem mais. Afinal, eu meio que virei o Buda em pessoa por uns minutos. Não tinha ganhado tantos pontos de crédito quanto esperava, mas era o suficiente para ir embora de bike solar. Fiquei grato por aquilo. Não estava a fim de pedalar uma bike primitiva, pois estava bem cansado.

No caminho de casa me peguei pensando no insignificante aumento da minha pontuação de crédito após aquele evento todo. Eu achava que o estado emocional tivesse mais peso para a pontuação de créditos, mas parece que ser do tipo "zen o tempo todo" pesava muito mais. Ou seja, eu nunca seria rico. Eu não sou do tipo que abraça árvores por aí nem faz dança circular com os amigos. Eu gosto de jogos eletrônicos, de sistemas operacionais e animes. Estava fadado ao fracasso. Então, do nada, a esfera de luz que eu ainda podia sentir dentro da cabeça falou comigo: *"Se pensar dessa forma, assim será: um fracasso"*. Levei um susto e quase entrei debaixo de um UberFlut. Foi quando percebi que aquela esfera de luz passaria a falar comigo. Eu me senti um tanto esquizofrênico, mas achei legal.

Cheguei em casa exausto. Comi uma barra de cereal, tomei meu banho e desmaiei na cama.

CAPÍTULO 3

Durante a noite, sonhos muito doidos me mostravam como desenvolver o software para ser possível haver uma comunicação com os espíritos. Acordei aminado. Eu sabia como fazer! O segredo estava na frequência de ressonância magnética correta somada a uma tela plasmática de zeptatecnologia contendo cristais de apatita. Não daria para ser feito por zeptalente na tela holográfica, infelizmente, a menos que o ser humano ativasse sua glândula pineal, mas isso já não era problema meu.

Não era tão complicado para quem tinha as informações necessárias e entendia de tecnologia, como eu, então, muito animado com essas descobertas, levantei da cama antes que a zeptalente me acordasse e saí mais cedo para o trabalho.

Chegando à sede da Suprainternet, desta vez escolhi inusitadamente o ambiente zen. Nunca havia trabalhado naquele local. Não tinha a menor afinidade com a galera que costumava ficar naquele espaço. Mas, nesse dia, meu novo e audacioso projeto de comunicação com o além exigia aquele ambiente de trabalho, que inspirava o lado mais espiritual do ser. Sei lá, acho que foi isso. Meu negócio é informática, dados numéricos, códigos matemáticos, e talvez por isso tenha escolhido a sala zen, para buscar um equilíbrio, e assim estimular o meu lado espiritual intuitivo.

A iluminação era baixa e amarelada, havia um tapete peludo bem grosso no centro do ambiente e música xamânica tocando em um volume que não atrapalhava a concentração. Várias almofadas convidativas estavam jogadas no tapete, onde a maioria das pessoas se acomodava para trabalhar. Eu escolhi me sentar num pufe em formato de gato preto. Conectei minha zeptalente ao computador central da Supra e rapidamente completei o trabalho pendente para entregar ao diretor do meu setor, assim eu poderia pedir autorização para começar meu audacioso projeto de comunicação com os espíritos.

Quando finalizei o trabalho pendente, em vez de entregá-lo por zeptamensagem ao diretor do setor de software – que era o normal a se fazer –, solicitei uma entrega pessoal para já aproveitar e apresentar meu pré-projeto de tecnologia de comunicação com espíritos.

CAPÍTULO 3

A inteligência artificial do setor de software agendou minha reunião com o diretor para depois do almoço. Enquanto não chegava a hora marcada, eu fazia os últimos preparativos para a minha apresentação.

Estava finalizando a apresentação quando meu amigo Lucca sentou-se no chão perto de mim.

– E aí, cara? É a primeira vez que te vejo aqui. O que deu em você hoje? – perguntou, curioso.

– Sei lá, cara! Enjoei do outro ambiente – falei, sem lhe dar muita importância.

Normalmente eu escolhia trabalhar no ambiente monocromático futurista, todo branco e transparente, com um ar bem futurístico mesmo. Com certeza nunca ninguém havia me visto no ambiente zen, pois realmente era a primeira vez que eu trabalhava ali.

– Fico feliz por você. Não sei como aguentava todos os dias no mesmo ambiente – comentou Lucca.

Ele tinha a minha idade e era bem parecido comigo em vários aspectos. Tinha um caso com um garoto todo *zen-não-sei-das-quantas* que adorava aquele lugar, por isso ele sempre estava por lá; assim podia ficar de olho no *crush* dele. Lucca também trabalhava com software. Seu apelido era Cochilão, porque depois do almoço costumava dormir mais de três horas na cápsula da sala de cochilo antes de voltar ao trabalho. Mas isso nunca prejudicou seu desempenho, pelo contrário.

Lucca ficou ali por pouco tempo e logo retornou a seu posto, então voltei a me concentrar no trabalho.

Estava ali, trabalhando em paz, quando Camila entrou carregando um copo contendo alguma coisa verde. Ela veio direto na minha direção.

– O que você está fazendo aqui? – perguntou, sem nem me cumprimentar. – Quero dizer, fico feliz que tenha escolhido um ambiente mais agradável para trabalhar. Enfim, droga, não era para eu falar nada com você. Só vim te entregar este suco – disse, esticando o braço e me passando o copo.

Observei que havia um post-it cor-de-rosa colado no copo, e alguma coisa escrita nele. *Recadinho, arg!* Nem tive tempo de dizer que não queria o suco, ela meio que me fez pegar o copo e sumiu sem dizer nada. *Estranho. Será que ela está com dor de garganta de tanto falar?*, pensei.

Eu fiquei olhando aquele líquido verde-musgo gosmento dentro do copo, tentando adivinhar o que deveria ser aquela coisa com cheiro de capim. Lucca olhava para mim e ria.

– Isso mesmo – comecei –, vai rindo da desgraça dos amigos e você vai ver onde sua pontuação de crédito com a Supra vai parar – ameacei, brincando.

– Cara, essa mina tá em total *crush* por você – disse Lucca.

– Nada a ver, irmão. Ela tá querendo me ferrar, isso sim! Ontem perdi mais de 5 pontos de crédito por causa dela.

CAPÍTULO 3

– Ela tá apaixonada. Como você não vê? O que está escrito no bilhetinho de amor? – perguntou, me sacaneando, olhando para o post-it cor-de-rosa colado no copo.

Ignorei o comentário e peguei o bilhete: "*Suco de passiflora com capim-limão e couve*". *Eca!* "*Para equilíbrio emocional*". Qual será o problema dessa garota maluca?

– E aí, o que está escrito? – perguntou Lucca, ainda com cara de sarcasmo.

– Suco para equilibrar as emoções. Eu te disse, essa garota tá querendo me ferrar. Quer desequilibrar minhas emoções jogando na minha cara que sou um desequilibrado. Entendeu?

– Sei?! Entre tapas e beijos, bem coisa de gente apaixonada mesmo – disse ele, rindo.

Eu ignorei a ironia de Lucca e voltei a trabalhar, deixando o copo com a gosma verde numa mesa de apoio ao meu lado.

Terminei de preparar a apresentação do pré-projeto e já comecei o esboço teórico. Fiquei tão absorto que me esqueci de almoçar. Só fui me dar conta de que tinha perdido o almoço quando a zeptalente me avisou de que faltavam dez minutos para eu me apresentar ao diretor. Eu estava com fome, então não tive outra alternativa senão beber o suco que a Camila havia me dado. Não era tão ruim, até que deu para encarar. Melhor do que desmaiar de fome na frente do chefe.

Peguei o elevador e subi até o quinto andar, para ir à sala do diretor Artreio, o líder do meu setor. Era uma sala pequena, mas confortável e bem moderna. Eu me apresentei para a secretária e me sentei, para esperar ser atendido.

Não demorou muito e já estava no sofá ao lado do diretor Artreio, um homem de uns trinta e poucos anos, moreno, bem alto e simpático.

Depois de me cumprimentar, ele disse:

– Imagino que seja algo importante, ou não teria vindo pessoalmente.

– É, sim. Bem, além de entregar o trabalho e pedir desculpas pelo atraso, eu queria apresentar um pré-projeto de uma tecnologia bem... – Eu não encontrava a palavra certa – ... audaciosa – concluí.

– Estou à sua disposição, Gael. Mostre-me esse tal projeto audacioso.

Eu abri a minha tela holográfica de compartilhamento e iniciei a apresentação da forma mais científica possível, para não parecer um maluco. No início, Artreio estava recostado na poltrona sem expressar qualquer emoção, mas, em dado momento, quando comecei a explicar sobre física plasmática zeptoide e a conexão com a dimensão da espiritualidade, ele se moveu para a frente, parecendo bem interessado, e aproximou-se da tela holográfica. Ele parecia fascinado, isso sim. Quando terminei a apresentação, Artreio se levantou e começou a andar de um lado para o outro.

CAPÍTULO 3

Demonstrava estar meio ansioso ou coisa assim, mas, na verdade, estava empolgado.

– Faz ideia do que acaba de me apresentar? Ou seria "presentear"? – perguntou ele retoricamente. – Essa seria a maior descoberta da humanidade! Isso mudaria o mundo, pois modificaria a forma de pensar. Isso é grandioso, Gael. Se realmente funcionar, claro – concluiu, empolgado.

– Fico feliz que tenha gostado. Então, acho que isso quer dizer que posso começar a trabalhar no projeto?

– Calma, calma. Você não entende a grandiosidade disso. Teremos que montar uma grande equipe. Um setor inteiro para desenvolver esse projeto. E é claro que você estará ocupando a posição de liderança nisso tudo. – Ele ainda estava em pé, e andava de um lado para o outro enquanto falava e pensava ao mesmo tempo. Fiquei bem animado com a ideia de eu estar na posição de liderança de um setor inteiro. – Primeiro, preciso mostrar esse seu projeto para o diretor-geral da Suprainternet. Provavelmente haverá reuniões sobre o assunto, nas quais você terá de estar presente. Então vamos montar uma equipe, uma grande equipe, com os melhores profissionais da Supra. Você mostrou esse pré-projeto para mais alguém? – perguntou preocupado.

– Não. Você é o primeiro a ver – respondi. Refleti um pouco e decidi ser honesto, contando a ele tudo que havia acontecido: – Na verdade, a ideia não foi bem minha. Um grupo chamado Os Sete, que se dizem precursores da Terceira Realidade, me procurou. É um grupo de sete médiuns, e eles me ajudaram a pensar em como desenvolver essa tecnologia.

– Os Sete? Nunca ouvi falar. Muito interessante. Precisamos deles no desenvolvimento desse projeto também, já que a ideia inicial partiu deles, certo!? Vamos fazer o seguinte: vou agendar um horário com toda a diretoria-geral e convocar você e Os Sete para essa reunião, que ocorrerá muito em breve, pois vou abrir pedido de urgência. Temos de patentear essa descoberta o quanto antes, pois é algo inédito e incrível! Passe para mim o pré-projeto e logo entrarei em contato com você e Os Sete.

– Ok – respondi e enviei imediatamente o pré-projeto e o contato de Os Sete para a zeptalente de Artreio.

Antes que eu saísse pela porta, Artreio me disse:

– Ah, mais uma coisa, Gael... – Eu parei para ouvir.
– Não comente com ninguém sobre esse projeto. Tudo bem?

– Claro, sem problema.

Já no elevador, que descia para o patamar onde eu trabalhava, ouvi a esfera de luz falando em minha mente: *"Nem sempre percorremos o caminho que projetamos".* A princípio, não entendi o que a esfera de luz estava tentando me dizer. Somente depois de morto eu entenderia o recado. Quando fosse tarde demais.

E esse foi o início do meu fim.

** REGISTROS AKÁSHICOS **

MEMÓRIAS DE MADHU

CAPÍTULO 4

Nave Shandi33, na órbita de Júpiter.

Eu estava animada para finalmente fazer parte da tripulação do setor de Segurança Intergaláctica Espacial da nave Shandi33, agora como uma verdadeira profissional capacitada, e não mais como uma adolescente humana a quem ninguém levava a sério e em quem ninguém confiava.

Foram três anos do tempo de Shandi33 para eu me formar em Segurança Intergaláctica. Depois de formada, fiz um estágio bem trabalhoso em Drocon, na constelação de Órion, um planeta que acabou de iniciar seu projeto de centro de expiação e provas, e para onde alguns humanos – que antes viviam no planeta Terra – eram enviados para recomeçar a vida.

A REALIDADE DOS SETE

O propósito da missão em Drocon foi libertar os primitivos daquele planeta da escravidão cruel imposta por alguns draconianos que ali se instalaram sem a autorização da Confederação Intergaláctica Espacial. Acabamos entrando em uma guerra bem difícil. Os draconianos têm armas muito poderosas, mas nossa missão foi bem-sucedida. Libertamos Drocon para começar a receber as primeiras almas humanas provenientes do planeta Terra.

Hoje, finalmente receberei minha primeira missão efetivada como agente da segurança intergaláctica de Shanti33.

Desde que minha melhor amiga, Liv, foi embora de Shandi33 para uma nave um pouco menor, a Shandi11, com o intuito de receber o preparo necessário para viver no planeta Terra, eu passei a morar sozinha em nossa casa em Shambala, na Ala dos híbridos.

Uma de minhas muitas almas gêmeas, Willy, meu parceiro e também melhor amigo na nave, aceitou uma missão muito nobre de encarnar no planeta Terra para ajudar os humanos em sua reestruturação. Foi um grande sacrifício que ele fez para ajudar o planeta Terra e a nossa galáxia. Willy escolheu nascer no Brasil, em uma família muito bem estruturada emocionalmente, que cuida dele com muito amor. O combinado era que, quando Willy completasse dez anos de idade, no tempo do planeta Terra, eu também encarnaria e nós nos encontraríamos e ficaríamos juntos, cumprindo a missão de construir uma nova sociedade de fraternidade.

CAPÍTULO 4

Éramos apenas eu e Bastet – minha gata preta – vivendo juntas em minha casa em Shambala. Eu gosto de Shambala, não quis morar na Ala9 – a Ala da Segurança Intergaláctica –, como a maioria dos agentes de segurança.

Bastet parecia saber que eu estava prestes a me ausentar por um bom tempo. Enquanto eu colocava o uniforme de agente da segurança, ela me observava, sentada, com olhos acusativos, e disse: "Você deveria ficar aqui comigo".

Conseguir se comunicar com animais, vegetais e minerais era uma das partes interessantes de ter a consciência em um corpo zeptoide. Eu era capaz de decodificar a ressonância magnética emitida de tudo o que existe. Inclusive, era dessa forma que eu pilotava as naves da confederação: podia me comunicar telepaticamente com cristais de creptina.

"Deixe de ser trágica, Bastet! Sei muito bem que você adora ficar com os Rishis. Você não vai ficar abandonada" – respondi, telepaticamente.

Os Rishis eram os semideuses, que no início da era de escuridão na Terra e na queda de Atlântida encarnaram no planeta Terra para escrever os Vedas e, dessa forma, ajudar a humanidade a conhecer a verdade que lhe fora ocultada. Eles viviam em Shandi33, na Ala11, uma belíssima ala com muita vegetação. Os Rishis são grandes amigos do povo arbóreo e alguns vivem com eles. Também amam os animais e sempre recebem Bastet com muito amor. Bastet tem acesso livre para entrar na Ala11, ou sair dela, quando bem quiser. Nem eu tenho acesso livre àquela ala.

"Estou tentando protegê-la" – retrucou Bastet, num miado agudo.

"Não precisa. Ficarei bem" – tentei tranquilizá-la.

Fiz um carinho em sua cabeça e saí.

Estava me sentindo orgulhosa de sobrevoar Shambala numa vimanaxi, usando o uniforme de agente da segurança intergaláctica, efetivada, pela primeira vez. O uniforme impunha respeito e era lindo; um macacão preto, muito flexível, à prova dos lasers mais poderosos de que temos conhecimento, e com o dodecaedro dourado em formato de estrela, no lado direito do peito: o símbolo de Shandi33.

Era uma longa viagem de Shambala até a Ala9 – o setor de Segurança Intergaláctica –, como se fosse o trajeto até outra cidade. Era preciso pegar três transportes diferentes para chegar até lá.

Chegando à Ala9, fui até a sala de projeção holográfica, onde ocorreria o briefing da missão que me seria atribuída. Até então, eu não fazia ideia de qual seria. A sala estava cheia de diversas espécies de alienígenas de diferentes orbes e naves, todos em imagem holográfica, conectados para participarem da reunião. As únicas pessoas físicas na sala eram os agentes de segurança intergaláctica e a comandante da Segurança Intergaláctica, Shavanna, uma reptiliana robusta e alta, muito sábia e amorosa, apesar da aparência física amedrontadora.

CAPÍTULO 4

Observei que, dentre os presentes, para acompanhar o briefing da nova missão da Segurança Intergaláctica, também estavam o misterioso capitão da nave Shandi33 – o capitão Mastara, um humanoide serpente –, a sábia conselheira Tarala Shanata – uma gentil siriana pura, que é minha mãe de alma –, e Behosa Prakasa, o cientista chefe de Shandi33, um siriano puro. Só então me dei conta de que a missão seria muito importante, pois aquelas eram pessoas renomadas.

O decodificador telepático foi aberto e a reunião teve início. Tarala Shanata foi quem começou a falar:

– Amados irmãos, guerreiros da Fonte Criadora, vocês foram convocados porque nos deparamos com um imprevisto na implantação da Terceira Realidade na Terra.

– Ah, não! Outro imprevisto? – pensei alto demais, e todos ouviram meu pensamento. – Ops, peço que me desculpem. – falei, sem jeito. Ainda não estava acostumada com a comunicação telepática em grupo. Tentei me concentrar para não pensar alto, e então Tarala continuou:

– Os draconianos encontraram uma forma de penetrar no novo sistema tecnológico de rede interligada instalado no planeta Terra. Esse sistema rege a sociedade econômica humana do planeta, e agora, novamente, estão no controle da humanidade.

– Como conseguiram penetrar as barreiras do escudo Crístico? – perguntou um insectoide, semelhante a um gafanhoto gigante, cujo nome era impossível de pronunciar.

— Ainda não sabemos. Tememos que tenham descoberto o código secreto de teletransporte invisível, mas ainda não temos certeza. O problema é que a humanidade está novamente nas mãos dos draconianos que se autonomeiam Iluminates. Muitos humanos caíram na armadilha ardilosa dos draconianos: a vaidade. Eles se envaideceram com a ilusão de serem espiritualizados, refugiaram-se na falsa espiritualidade e sofrem de uma escravidão tecnológica sem perceberem. Mas, como bem sabem, isso não é aceitável em um planeta de regeneração. Os draconianos precisam ser retirados imediatamente do planeta Terra. Eles já cumpriram a vontade da Fonte, de revelar a fraqueza, a vaidade e a hipocrisia que se escondiam na falsa espiritualidade de alguns humanos. E agora acabou o trabalho deles. Precisam ser retirados da Terra.

— E qual será a estratégia? — perguntou uma belíssima humanoide felina, negra como uma pantera e com olhos dourados enigmáticos, muito parecida com minha gata Bastet.

— Vamos colocar em ação o que inevitavelmente viria nessa transição planetária — explicou Behosa Prakasa, cientista chefe da Shandi33.

— O deslocamento das placas tectônicas! — adivinhou a felina negra. — Seria mesmo necessário algo tão drástico neste momento?

CAPÍTULO 4

– Vocês sabem que essa mudança é inevitável, e aconteceria de uma forma ou de outra. – Foi Behosa quem respondeu. – Muitos humanos se acomodaram no processo evolutivo, como já suspeitávamos, voltaram a se apegar a velhos hábitos. É chegada a hora do último e mais poderoso ceifador entrar em ação. A última colheita será feita. E, com a Terra limpa, não haverá mais como os draconianos permanecerem no anonimato. Por mais avançada que seja a tecnologia que venham a desenvolver, nada vence um ser conectado com a Fonte de Luz. A Luz tudo vê, tudo ilumina e, assim, toda a verdade é revelada. Dela nada se esconde. Só assim, de fato, se iniciaria a Nova Terra. O planeta Gaia despertará após um longo período de sono. Gaia está ansiosa para acordar.

– Sou o guia espiritual de Mônica, um dos membros de Os Sete, os precursores da Terceira Realidade na Terra – começou a dizer um ser espiritual humanoide luminoso sem rosto. "Os Sete" devia ser algo importante, pois todos sabiam do que se tratava, menos eu. O guia espiritual de Mônica continuou: – O problema é muito mais grave do que pensam. Os Sete estavam preparando um rapaz chamado Gael para desenvolver a tecnologia de comunicação espiritual na Terra. Depois que a informação caiu nos ouvidos do diretor-geral da Suprainternet, que é um dos draconianos disfarçados na Terra, o garoto Gael foi encontrado morto em seu apartamento, e o caso foi dado como suicídio, mas sabemos que não foi o que aconteceu. Ele foi assassinado pelos homens de preto, os agentes dos draconianos. O jovem Gael está bem, foi acolhido e está feliz por ter se libertado de um sistema que, para um garoto como ele, era injusto. E o pior, meus amigos, muito pior: Os Sete desapareceram.

– O que você quer dizer com "desapareceram"? Ninguém desaparece! – exclamou uma humanoide azul e alta.

– Os Sete foram pegos numa armadilha, tão ardilosa que nem seus mentores espirituais a conseguiram prever ou dela suspeitar. – respondeu Behosa. – Eles foram a uma suposta reunião na sede da Suprainternet, mas havia uma espécie de escudo no edifício, que bloqueou a entrada de seus mentores espirituais. Desde então, Os Sete nunca mais foram vistos.

– Então eles ainda devem estar dentro do tal edifício – supôs a humanoide azul.

– Não estão. Conseguimos romper o escudo, mas era tarde demais. Eles haviam desaparecido. Rastreamos toda a galáxia e não os encontramos – completou Behosa.

– Existe alguma hipótese do que pode ter acontecido? – perguntou o insectoide gafanhoto.

– É por isso que estão aqui, meus irmãos – interveio Tarala –, vocês são os maiores cientistas desta galáxia. Precisamos que descubram o que aconteceu com Os Sete.

Vários dos alienígenas começaram a levantar hipóteses ao mesmo tempo:

"Viagem no tempo..."

"Sugados para outra dimensão..."

CAPÍTULO 4

"Congelados em nave com escudo..."

"Devem estar em uma galáxia distante..."

O capitão Mastara levantou a mão e disse com sua voz chiada, fazendo com que todos se calassem:

– Basta! Temos ainda muito o que discutir.

– Tem mais? – pensei alto demais, novamente, sem querer.

Shavanna, a comandante reptiliana do Setor de Segurança Intergaláctica, finalmente tomou a palavra:

– Os cientistas estão sob o comando de Behosa. Devem se reunir agora, na Ala16, no auditório de Behosa. Quanto aos membros da segurança intergaláctica, continuem aqui.

As imagens holográficas dos cientistas e alguns membros de outros setores de Shandi33 se desligaram e Shavanna não perdeu tempo, foi logo perguntando:

– Vocês entenderam a gravidade da situação? Têm alguma dúvida?

Eu não sabia nem por onde começar. Tinha várias dúvidas.

– O que seria esse tal de inevitável deslocamento das placas tectônicas? O que vai acontecer? E quando? – Foi minha primeira pergunta. Eu já suspeitava quanto ao que seria, e estava com um pouco de receio de estar certa.

A REALIDADE DOS SETE

– A cada ciclo do planeta, há um reajuste das placas tectônicas. Na última transição planetária, o continente Atlântida foi submerso, e agora Atlântida vai ressurgir. Haverá muitos terremotos e tsunamis. E é por isso que a missão de Os Sete era tão importante, a tecnologia de comunicação com a espiritualidade salvaria muitas vidas, as quais, sem ela, serão perdidas desnecessariamente. Não sabemos quando acontecerá, mas sentimos que o momento está próximo, e isso não é decisão nossa. Quem decide são nossos irmãos projetistas do sexto plano existencial junto com a Fonte Criadora.

– O que são Os Sete? – perguntei.

– Um grupo de sete médiuns muito habilidosos voltados para o trabalho da Luz. Cada um deles representa um plano da existência. Eles nasceram na Terra com a missão de ser o veículo material a serviço da Fonte Criadora. São os precursores da Terceira Realidade, e responsáveis pela união dos sete planos existenciais, acabando de vez com a polaridade – respondeu Shavanna.

– Eu pensava que a pandemia de 2020, a queda da comunicação em 2023 e o colapso econômico financeiro já fossem mais que suficientes para impulsionar as mudanças – comentei, chateada.

Eu realmente pensava que agora teríamos apenas de reestruturar a sociedade terrestre, que o pior já havia passado.

– Não será o caos para aqueles que não atraem o caos por ressonância, Madhu. Willy ficará bem – disse

CAPÍTULO 4

Shavanna, lendo em meus pensamentos mais profundos minha preocupação com Willy, que estava encarnado na Terra e ali estaria durante a mudança geográfica do planeta. Shavanna continuou: – Será a última colheita, pegando os que usam a falsa espiritualidade como um salvamento egoísta, e não por mérito de uma alma realmente fraterna.

– E então ela passou a distribuir missões: – Govinda, você e sua equipe vão proteger os cientistas, permanecerão a serviço deles. Eles vão precisar de toda a proteção possível. Cryan, você ficará responsável por mapear as galáxias mais próximas e o vazio entre dimensões em busca de alguma pista quanto ao paradeiro de Os Sete. Lufa, você e sua equipe, exceto Madhu, vão viajar para dimensões paralelas em busca de Os Sete.

– Por que exceto eu? – Eu tive que interromper.

Queria muito trabalhar naquela missão, ainda mais viajando para outras dimensões. Seria incrível! E estava predeterminado que eu sempre faria parte da equipe de Lufa, um ser insectoide abelha com quem tinha muita afinidade.

– Tenho outra tarefa para você. Aguarde a sua vez, Madhu. – Ela pediu, e então continuou: – Tistã e sua equipe vão espionar para tentar descobrir quais são as novas tecnologias dos draconianos e seus planos. Temos que ficar um passo à frente deles. Não podemos mais ser pegos de surpresa. – E então ordenou, voltando-se para mim: – Madhu, você voltará ao planeta Terra imediatamente, com esse mesmo corpo zeptoide, porém disfarçada de humana. Sua missão será proteger a garota que vai desenvolver a tecnologia que Gael começou a criar. O nome dela é Camila. Se desconfiarem do plano, os draconianos tentarão impedi-la de qualquer forma, como fizeram com Os Sete e Gael, e dar fim ao projeto. Não deixe que isso aconteça. Há muito pouco tempo você foi terráquea, por isso lhe confio esta missão, pois você saberá agir com naturalidade, como uma terráquea, e ninguém suspeitará de nada.

Depois da reunião, recebi um relatório bem detalhado da minha missão no planeta Terra. Sendo novata como agente de Segurança Intergaláctica, me foi designada a tarefa de proteger uma humana de draconianos encarnados como humanos. Mesmo querendo uma missão mais ousada, fiquei feliz em simplesmente ter uma missão. Eu estava animada.

***

Após uma semana de treino e preparativos, eu estava pronta para descer à Terra. O cientista robótico mais habilidoso de Shandi33, Boston, fez ajustes na aparência física do meu corpo zeptoide para que eu ficasse o mais semelhante possível a uma jovem humana. Boston implantou em mim a zeptalente humana conectada à Suprainternet dos humanos. Imediatamente eu adquiri 99.6 pontos de crédito com a Supra.

— Você vai ter que baixar um pouco seu padrão emocional para poder diminuir a pontuação de crédito, ou chamará muita atenção na Terra e poderão suspeitar — advertiu Boston, com sua voz fanhosa.

CAPÍTULO 4

– Tudo bem. Quando eu estiver na Terra, naturalmente meu padrão emocional vai cair – disse a ele. Tudo preparado. Com meus créditos, consegui um bom lugar para morar em Brasília. O plano estava pronto. Tudo estava bem arquitetado e com certeza daria certo.

No dia da partida para o planeta Terra, fui ver minha mãe de alma, Tarala Shanata, que vive em um castelo de diamantes, em Shambala. Tarala sempre me recebia de braços abertos. Normalmente, quando eu a visitava, nós nos sentávamos em frente à lareira de chamas frescas e aromáticas, tomávamos chá de lótus e conversávamos. Mas, nesse dia, Tarala me levou para a imensa sacada da torre mais alta do castelo, apontou para a vista do lado de fora e disse:

– Olhe!

Eu me aproximei da sacada e fiquei admirada com o horizonte à minha frente. Não era Shambala, mas uma Nova Terra. Era um planeta Terra radiante e moderno, cuja vegetação exuberante permeava, numa simbiose perfeita, belas arquiteturas de vidro, ovais e de formato curvilíneo, com exuberantes cúpulas.

Era um planeta Terra radiante e moderno, cuja vegetação exuberante permeava, numa simbiose perfeita, belas arquiteturas de vidro, ovais e de formato curvilíneo, com extraordinárias cúpulas. Era a simplicidade do necessário, com a tecnologia e a exuberância da natureza farta, integrados com perfeição. Era o planeta Terra!

— Incrível! — Foi tudo o que consegui dizer, emocionada em ver tamanha beleza e harmonia, semelhante à harmonia e beleza de Shambala.

— É isso que está construindo, minha filha. Esse será o fruto de todo o seu sacrifício e de toda a sua luta. Um dia voltará a nascer neste planeta, que será chamado de Nova Terra; Mãe Gaia. E então usufruirá dos frutos que plantou.

Eu entendi o recado. Tarala tinha um jeito único de passar mensagens, que aprendi a interpretar convivendo com ela. Ela sempre me fazia ver a verdade dentro de mim. O recado era claro: minha missão não seria tão fácil como eu estava pensando. Eu enfrentaria desafios difíceis, mas teria de me manter forte, focada no propósito maior de elevar o planeta Terra a uma condição superior, ainda inimaginável para qualquer terráqueo. Se eu contasse o que havia visto no futuro da Terra, nenhum terráqueo jamais acreditaria. Parecia um futuro muito distante, fora da realidade e impossível. Mas nada é impossível e distante quando é da vontade da Fonte Primordial de Amor, que faz milagres incríveis acontecerem. E esse futuro estava a um passo dos humanos de boa vontade. Ah, se eles soubessem... Começariam a viver pulando de alegria e cantando o dia todo.

Eu me despedi de Tarala e parti para a minha jornada, de volta ao planeta Terra.

CAPÍTULO 5

A volta ao planeta Terra foi difícil e dolorosa, pois eu não estava mais acostumada à psicosfera densa de um mundo de expiação e provas. Senti que a Terra ainda estava distante da regeneração. Os seres de regeneração ainda eram minoria no planeta, mesmo após a passagem de três ceifadores. Não queria nem imaginar o estrago que faria o último ceifador se ele surgisse naquele momento. Pensei na misericórdia divina, em como o amor da Fonte por sua criação é incompreensível e imensuravelmente grande. A humanidade estava recebendo todas as oportunidades possíveis para ficar em uma Terra de regeneração.

Eu estava havia apenas um dia no planeta Terra, já instalada na minha casa em Brasília, acostumando-me àquela realidade. A densa psicosfera do planeta fez meus créditos caírem para 97.9 pontos, mas ainda era uma pontuação muito alta para uma jovem terráquea comum. Precisei me concentrar e baixar meus créditos um pouco mais, e consegui chegar a 89.9 pontos de crédito. Foi o mínimo a que pude chegar sem me desconectar da Fonte. Abaixo dessa pontuação, meu subconsciente passaria a me controlar e eu teria dificuldade em manter meu estado mental theta em consciência.

A minha primeira tarefa era tentar me aproximar de Camila para conquistar sua confiança e amizade. Todos os dias, após o expediente na Suprainternet, Camila se juntava a um grupo de amigos para plantar árvores em locais devastados, então me inscrevi como voluntária e me juntei ao grupo, que me acolheu de forma bem amigável.

Cheguei pontualmente ao local de plantio de árvores, um espaço onde antes era uma fazenda de gado. Logo me apresentei à líder do grupo, uma senhora muito gentil, com olhos amorosos. Antes de iniciar o plantio, nos unimos em oração e depois tivemos quinze minutos para abraçar uma árvore, assim poderíamos nos conectar com a natureza. Fiquei bem absorvida naquele bom astral, na oração. Naquele momento, nem me lembrava de que estava ali para me aproximar de Camila, apenas aproveitei a realidade, reconectando-me com a Terra.

Escolhi abraçar uma linda jabuticabeira.

– Hum... que interessante – disse a jabuticabeira quando a abracei. Então passamos a conversar telepaticamente.

CAPÍTULO 5

— O que é interessante? – perguntei a ela, abraçada ao seu tronco robusto e forte.

— Você não é daqui, não é, menina? De onde vens? Hum... sinto que vens de longe, porém conheces bem Gaia. Não é? Assim como eu, já mergulhaste no coração de Gaia. Seja bem-vinda de volta – disse a jabuticabeira. Era uma árvore bem sábia.

— Obrigada – respondi.

E naquele abraço gostoso eu me conectei diretamente com a Fonte Criadora, pedindo a ela que derramasse o amor divino sobre aquela sábia árvore. E assim foi feito. Uma grande onda cósmica caiu sobre a árvore, envolvendo-a do mais puro amor e de muita vitalidade. Suas folhas vibraram e chiaram mesmo não havendo vento naquele momento.

Depois de ter me despedido de minha amiga jabuticabeira, rapidamente localizei Camila no grupo. Foi fácil identificá-la, sua ressonância chamava atenção, ou melhor, gritava por atenção. Ela era a mais animada e falante do grupo. Esperei que ela ficasse sozinha e então me aproximei para puxar assunto. Camila estava abraçada a uma jovem árvore quando cheguei perto dela.

— Essa árvore já te conhece. Ela gosta de você – disse a ela com sinceridade, o que senti em meu coração.

Camila imediatamente sorriu e falou:

— Sério? Você consegue sentir a *vibe* das plantas?

— Pareceu uma pergunta retórica, pois ela não me deu

chance de responder e continuou falando: – Ah, isso é muito incrível! É, somos velhas amigas. Eu e essa árvore temos histórias juntas...

Logo o jovem ipê-branco que ela abraçava se manifestou:

– Ah, sim, foi ela quem me plantou. Gosto dela.

Camila não ouvia sua amiga árvore falando e continuou:

– Dei a ela o nome de Vitória. É bem vitoriosa, pois passou por uma tempestade muito violenta quando era apenas um broto, e sobreviveu. Gosto de gente assim, que aguenta firme e sobrevive. Não gosto de pessoas que desistem da vida. Os suicidas, por exemplo. Preciso trabalhar isso em mim. Eu tinha um amigo que se matou, acredita? Não me conformo. Às vezes, penso que foi minha culpa não perceber que ele tinha problemas maiores do que eu imaginava. Não pude salvá-lo. Mas o que tenho de trabalhar mesmo é o perdão, fiquei chateada por ele ter se matado. E sabe por que ele se matou? – Também foi uma pergunta retórica. Ela estava falando sem parar, e lembrava muito a minha amiga alienígena, Liv. – Só porque seus créditos com a Supra estavam muito baixos e ele não conseguia ser uma pessoa melhor para aumentar a pontuação. Eu tentei ajudar, mas falhei. Nem achei que o caso fosse tão sério.

Ela parecia chateada. Estava se referindo a Gael, o garoto que os draconianos mataram para que a tecnologia de comunicação com o reino espiritual não

CAPÍTULO 5

ocorresse. E continuou falando coisas aleatórias, sobre tudo o que lhe vinha à cabeça. Ela não era parecida com Liv, era pior!

– Você é nova aqui, né? Qual o seu nome? – Enfim me perguntou.

– Meu nome é Madhu. Sou nova na cidade. Vim de São Roque, em São Paulo. Você tem certeza de que seu amigo se matou? – perguntei, para entender o que ela sabia sobre o ocorrido.

– Sim! Chocante, né? Ele tomou uma superdose de tranquilizante com a intenção de morrer e conseguiu o que queria, puf, empacotou. Não me conformo. Ele era muito inteligente e bonitinho. Não bonito do tipo beleza convencional, entende? Era bonitinho de um jeito bem único. Era meio desengonçado e vivia descabelado, tinha seu charme, um desperdício de vida. A vida é muito preciosa, e não saber dar valor a algo tão precioso é revoltante, não é mesmo? – Outra pergunta retórica. – Mas vamos andando enquanto a gente conversa. Tchau, Vitória! – Ela se despediu do ipê-branco e começamos a caminhar. Aquilo não era uma conversa, e sim um monólogo. – Agora nós temos que pegar as mudas para plantar... – E continuou falando sem parar.

Camila falou o tempo todo enquanto plantamos as mudas das árvores lado a lado. Ela só ficou em silêncio quando a dança circular começou, pois era um momento de meditação ativa e não se podia falar, era preciso se concentrar na dança. Após o plantio das árvores nativas, sempre havia a dança circular de despedida. Assim que acabou, ela voltou a falar. Descobri que eu sou uma boa ouvinte. Às vezes, pegava uma ou outra pessoa olhando para mim com cara de pena, por eu ter de ouvir a Camila tagarelar. As pessoas pareciam querer fugir dela, e era compreensivo, mas eu não me incomodava em ficar ouvindo. A maior parte das coisas eu não ouvia, porque me desligava para entrar na Fonte Criadora e descansar a mente.

– E então, onde você está morando? Posso te dar uma carona. Tenho créditos para ter meu próprio flut.
– Gabou-se, mas não vi maldade naquilo.
– Eu também tenho meu próprio flut. Estou morando sozinha no Jardim Botânico, na Colmeia – respondi.

Colmeia era o nome de uma construção moderna, cujas casas tinham as fachadas com formato hexagonal, sobrepostas umas às outras, formando uma imensa colmeia dourada. O complexo de moradia ficava bem no centro do Jardim Botânico, rodeado de floresta virgem. As casas eram de alto padrão tecnológico, modernas e muito iluminadas. Somente pessoas com muita pontuação de crédito com a Supra conseguiam morar na Colmeia.

– Espera aí! Você mora na Colmeia? – Curiosa e surpresa, Camila abriu sua tela holográfica para ver a minha pontuação de créditos, buscando a informação no meu perfil virtual. – Caramba! Você tem 98.2 créditos! Pode morar até na Lua, se quiser! Nunca conheci alguém com tantos créditos. – Ela estava impressionada. Notei que se sentiu um pouco

CAPÍTULO 5

intimidada com minha pontuação de crédito, pois até parou de falar e ficou me olhando com cara de espanto.

– Você quer conhecer minha casa? – perguntei. – Podemos jantar juntas e depois eu te levo de volta para sua casa.

Eu já tinha traçado na mente um bom plano para me aproximar de Camila.

– Tá brincando? É claro que eu quero! Nunca pensei que um dia fosse conhecer a Colmeia por dentro. Eu te sigo com meu flut, aí você não precisa se preocupar em me levar de volta para casa depois. – Ela aceitou animadíssima, é claro.

Chegando à Colmeia, a inteligência artificial da casa logo me reconheceu, dando boas-vindas a mim e à minha convidada. Camila ficou maravilhada com toda aquela tecnologia. Ela parecia ter entrado em um parque de diversões e, de tão empolgada, falava rápido e sem parar.

Jantamos comida japonesa vegana e jogamos filme interativo holográfico de alta resolução até muito tarde.

– Nossa! Já é uma da manhã! E tenho que acordar cedo para trabalhar! – Camila se queixou. Eu senti que ela não queria ir embora, mas seu bom senso lhe dizia que devia ir.

– Que pena! Gostei muito da sua companhia. Eu me sinto muito sozinha morando aqui. Seria muito legal se você viesse morar comigo. Eu teria companhia e poderíamos conversar muito – sugeri.

A REALIDADE DOS SETE

— Ah, fala sério, né?! Uma pessoa com 98.2 de crédito não se sente sozinha, sabe muito bem como lidar com a solidão. Mas seria o máximo morar aqui! Tá brincando? Nem sei o que dizer. Mas é meio constrangedor morar de favor, a gente acabou de se conhecer. Parece meio estranho.

— Você não moraria de favor. Seríamos amigas que moram juntas. E eu sei, sim, lidar com a solidão, mas é que gostei muito da sua companhia. É nas relações com outras pessoas que evoluímos. E já te considero uma amiga de verdade – disse, com sinceridade.

Seria um desafio e um treino muito interessante de paciência conviver com Camila. Aprender a ouvir uma pessoa carente que sente a necessidade de falar o tempo todo não é uma virtude fácil de se manter, exige muita prática. Fácil é viver com seres evoluídos, como minha família de Shandi33. Lá não há tantos desafios como os que a Terra oferece. A relação com pessoas de almas feridas nos faz praticar virtudes necessárias para nos tornarmos um indestrutível "castelo de diamante", como o castelo de Tarala. Quando as virtudes não são praticadas, não se fortalecem, e ficam como um "castelo de areia". Relacionar-se com a diversidade oferece uma troca de saberes e experiências, e o treino necessário para exercitar nossas virtudes. Senti gratidão por estar tendo aquela oportunidade de treinar minhas recentes virtudes ao lado dos humanos da Terra, um mundo ainda de expiação com tanta diversidade e tão fragmentado.

CAPÍTULO 5

– Eu ficaria imensamente feliz se você viesse morar aqui, Camie. – Tornei a pedir, criando um apelido carinhoso para minha nova amiga.

E, como já imaginava – considerando que Camila era cheia de vida, amava novidades, tecnologia e tudo que atrai os jovens –, ela aceitou o convite para vir morar comigo na Colmeia.

Fizemos a mudança em pouco tempo. Nesse período, como eu tinha muita pontuação de crédito com a Supra e excelentes habilidades com inteligência artificial – que aprendi em minha formação em Segurança Intergaláctica –, consegui um emprego na sede da Suprainternet, no mesmo prédio em que Camila trabalhava, e ela achou o máximo.

Camila estava protegida vinte e quatro horas por dia, não apenas por mim, mas também pelo seu guia espiritual, um índio sério e bondoso que não saía de seu lado, e por seu anjo da guarda, que aparentava ser uma criança negra de cinco anos, alegre, com belos olhos refletindo inocência. O guia espiritual e o anjo de Camila me ajudavam a querer ficar perto dela e a não me sentir entediada. Quando Camila começava a me cansar, eu me concentrava em seu anjo da guarda, que sempre ficava atrás dela. Ele era muito divertido e alegrava meu coração. Dessa forma, minha missão estava sendo leve e fácil.

Para trabalhar na Supra, precisei apresentar um projeto. Ele passaria por uma análise, que constataria se eu tinha habilidade mínima para trabalhar na maior empresa do mundo. Apresentei algo simples, que não chamasse tanta atenção para a habilidade extra-humana. Um projeto sobre singularidade tecnológica.

Quando tudo já estava encaminhado conforme os planos superiores, o segundo passo começou, que seria ajudar Camila a desenvolver a tecnologia de comunicação espiritual. Essa tecnologia tinha de ser feita por um ser humano nativo da Terra. Há leis no universo, e uma delas é que alienígenas não podem interferir diretamente na evolução de seres do mundo de expiação e provas. Apesar de já ter sido humana na Terra no passado, eu era uma alienígena em corpo zeptoide, por isso não poderia criar tal tecnologia. As regras da Confederação Intergaláctica Estelar tinham de ser respeitadas. Eu seria apenas sua inspiração e nada mais. Tudo o que eu faria, além de proteger Camila, seria inspirá-la a acessar nos arquivos akáshicos algumas informações que a levariam a desenvolver a tecnologia necessária para o progresso evolutivo humano.

Com certa regularidade, eu me desdobrava em viagem astral e ia até Shandi33 para passar o relatório do andamento da minha missão, matar a saudade da nave e de meus amigos e saber as novidades. Mas não havia nenhuma. Os Sete continuavam desaparecidos e os cientistas tentavam a todo custo descobrir o que tinha acontecido.

CAPÍTULO 6

Camila era muito responsável, metódica e determinada. Dava seu máximo em tudo que se propunha a fazer. Ela não era tão inteligente quanto a maioria dos engenheiros de software que trabalhava para a Suprainternet mas, por causa de seu esforço além do comum, entregava trabalhos de alta qualidade. Frequentemente ela levava trabalho para casa, o que facilitou o início do segundo passo do plano.

Camila trabalhava sentada no tapete fofo do chão do ambiente de convívio social de casa, enquanto eu lia o livro *A História sem Fim*, de Michael Ende, um alienígena famoso que nasceu na Terra somente para escrever esse livro. Num determinado momento, quando achei que seria oportuno, deixei o *kindle* de lado e perguntei à Camila:

– No que você está trabalhando?

– Num projeto bem técnico e chato. Não vejo a hora de finalizá-lo.

Fiz a leitura de seu campo eletromagnético, captei seu maior desejo naquele momento e respondi:

– Você deveria trabalhar somente em projetos que lhe deem prazer. Talvez eu possa ajudá-la com isso – mencionei, oportunamente.

– Como? Nossa, seria meu sonho! Já pensou?! Trabalhar apenas por prazer.

– Essa pode ser sua realidade hoje. Você pode, sim, trabalhar apenas por prazer sem perder créditos.

– Trabalhar apenas por prazer é a proposta do mundo de regeneração, não é mesmo? Deveria ser assim, mas ainda não é. Mas, me conte, qual é a sua sugestão? Como podemos trabalhar apenas por prazer, sem cobrança e sem fazer nada chato? Seria meu sonho!

– Primeiro que, até onde sei, nós ainda não estamos em pleno mundo de regeneração, ainda estamos criando esse mundo e muito ainda precisa ser criado para o planeta ser, de fato, de regeneração. Estava pensando que você poderia criar um projeto revolucionário, que quebre paradigmas e ajude a humanidade na criação de um mundo de regeneração. Isso a faria feliz de verdade e lhe traria plenitude e paz, pois nosso propósito de vida é adquirir virtudes e, com elas, ajudar o próximo. E quando trabalhamos em nosso propósito de vida, nos

CAPÍTULO 6

sentimos felizes e realizados. Então, por isso, pensei que talvez você pudesse criar algo original, único e de grande ajuda para os humanos.

– E quem não quer criar algo assim? Quem me dera! Eu sempre tento pensar em algo inovador que ajude os outros, não apenas pelos créditos, de verdade. Mas tudo que eu penso em fazer, alguém já fez. Estou sempre um passo atrás – queixou-se.

– É exatamente nisso que eu quero te ajudar; na questão da criatividade. Eu conheço uma técnica que talvez possa te ajudar. Quer experimentar?

– Claro que quero! Ah, Madhu, você caiu do céu! Parece um anjo da guarda que veio me salvar – disse ela, sem saber o quanto de verdade havia naquelas palavras.

Eu induzi Camila a uma meditação profunda que a levou para a sétima dimensão, em contato direto com a Fonte Criadora. Nada fiz além disso, de lhe mostrar o caminho das pedras. Foi a Fonte Criadora quem mostrou à Camila tudo que ela precisava saber para desenvolver o projeto de comunicação com o mundo dos desencarnados.

Camila voltou da meditação ainda anestesiada, em estado mental theta. Ela apenas sorriu para mim e disse:

– Agora eu sei qual é a minha missão nesta vida. Sei o que deve ser feito.

– Que ótimo! – disse, verdadeiramente animada.

A REALIDADE DOS SETE

Foi mais rápido do que eu imaginava. Nem precisou de muito treino. Quando é da vontade da Fonte, tudo acontece de forma rápida e leve.

Então, ainda em theta, Camila me questionou com olhos desconfiados:

— Se você conhece uma técnica tão poderosa, por que não ensina para o mundo todo? E por que não usa essa técnica em você, para ter fama e poder?

— Essa técnica chega apenas até as pessoas preparadas para recebê-la. Nada significa para quem não tem o preparo, e nenhum poder terá quem pretender fazer uso incorreto dela. Você recebeu por merecimento. E eu já sou vitoriosa e completamente amada, que é o que as pessoas buscam com a fama. Não desejo nada além de te ajudar neste momento — respondi.

— Você é um verdadeiro ser de Luz, Madhu. Merece os créditos que têm e muito mais. Agradeço de coração!

Então ela se levantou da posição de lótus e veio me abraçar. Estava realmente emocionada e com lágrimas nos olhos. Senti que não estava acostumada a se sentir amada, protegida e cuidada por uma figura feminina, por isso se emocionou. *Ah, se ela soubesse o quanto é amada e protegida, não sentiria mais carência e necessidade de falar tanto para chamar a atenção*, pensei.

— Eu sabia que você mudaria minha vida! Foi intuição. Sabia que você não era uma pessoa qualquer. E não me refiro a sua altíssima pontuação de créditos na Supra,

CAPÍTULO 6

de verdade mesmo. E você nem imagina o que tenho em mente para criar! É uma tecnologia de comunicação com os espíritos! Acredita? Faz ideia do que é isso? Vai mudar o mundo! Obrigada, Madhu – disse, animada, com os olhos úmidos de lágrimas de alegria.

– Tudo bem. Agradeça à Fonte e ao seu merecimento, e não a mim – pedi. E então mudei de assunto: – Você já ouviu falar em Os Sete: os precursores da Terceira Realidade? – perguntei, já sabendo a resposta.

– Já! Eles me procuraram uma vez... – Ela parou para refletir, e a intuição do estado mental theta a fez questionar o que antes lhe havia passado despercebido – Foi depois que... – E parou novamente de falar, para buscar discernimento – Interessante... Eles me procuraram querendo ajuda, mas na época eu estava com muito trabalho e passei o caso para o Gael, o garoto que se matou. Eu te contei sobre ele. Lembra? Ele estava ajudando Os Sete quando se suicidou. Só agora liguei os pontos – concluiu, e ficou pensativa, tentando entender a ligação de Os Sete com o suicídio do amigo e o surgimento inusitado do assunto.

– O que tem Os Sete? – Enfim, perguntou.

– Não acho que seu amigo tenha se matado, Camie. Na verdade, sinto que ele sabia demais. Basta você voltar a se conectar com a Fonte e perguntar se foi suicídio. Estou falando isso, pois sinto que devo protegê-la. Acontece que existem seres de uma dimensão acima da nossa, mas de níveis mais baixos, seres demoníacos e anjos caídos que tentam impedir que a Luz da verdade e a do amor se propaguem no mundo. Eles estão entre nós, tentando impedir que a humanidade seja totalmente liberta de seus medos, pois o medo é uma arma importante que eles usam para controlar e manipular a massa. Se perderem a arma do medo, perdem o controle sobre a massa humana. Você tem agora o conhecimento para libertar a humanidade do medo mais profundo que existe, que é o medo da morte, o medo de desaparecer e ficar sem amor. Os Sete desapareceram do mapa no mesmo dia do suposto suicídio do seu amigo. Sabia?

– Não! Eu não sabia. – Camila se levantou com os olhos arregalados. – E o que isso tem a ver comigo? Como você sabe de tudo isso? – perguntou, curiosa.

– Digamos que eu tenho um contato íntimo com a espiritualidade. Meus amigos espirituais me contaram que Os Sete tinham a missão de libertar os humanos do medo.

– Era para ser eu... Era para eu ter ajudado Os Sete! Mas eu passei a bola para Gael. Eu o meti numa cilada... Então foi tudo culpa minha – concluiu, com sentimento de culpa.

– Não foi culpa sua. Você não sabia. E, se tivesse aceitado, não estaria mais viva. Com certeza Os Sete não sabiam que havia criaturas demoníacas possivelmente infiltradas na Supra, mas agora conhecemos essa possibilidade. Não se culpe. O tempo todo tinha de ser você a precursora dessa inovadora tecnologia. Não percebe? A Fonte escreve

CAPÍTULO 6

certo por linhas tortas. Nada acontece por acaso. Foi preciso acontecer tudo aquilo para a sua vida ser preservada, para que você pudesse criar a mais inovadora tecnologia que o mundo verá.

– Caramba! Olhe meu braço! Eu estou toda arrepiada. Você está falando a verdade, eu consigo sentir.

Camila imediatamente deixou seu trabalho chato e tedioso de lado e iniciou com empolgação o projeto que ela nomeou de *dimu-espiritual*, o nome que teria o aparelho de comunicação com a espiritualidade. Ela passou a madrugada toda trabalhando. Eu fui dormir, para recarregar a bateria do meu corpo zeptoide. Quando acordei, Camila ainda estava desenvolvendo o projeto.

– Você ficou trabalhando a noite toda? – perguntei, de forma retórica. – Você precisa descansar o cérebro.

– Estou há horas tentando resolver uma equação aqui. Droga! Gael teria resolvido isso em minutos! Talvez você consiga me ajudar, Madhu. Dê uma olhada – pediu ela.

– Ah, não! Nem pensar! Eu não quero me envolver nisso. Esse projeto é todo seu. Tenho certeza de que você conseguirá revolver esse cálculo. – Eu lhe dei as costas, ignorando seu pedido de ajuda, e Camila ficou frustrada e confusa.

– Talvez você tenha razão. Preciso descansar o cérebro – concluiu. Olhou seu zeptarrelógio cerebral e exclamou: – Nossa, já está na hora de irmos para a Supra! O tempo voou.

– Por que você acha que estou acordada tomando chá de erva-doce? Temos que ir. E, por favor, Camie, nada de trabalhar nesse projeto dentro da Supra. Pode ter gente infiltrada lá. Eles podem estar monitorando tudo. Quando a gente entra na Supra e se conecta diretamente com a sede, eles têm acesso total ao que fazemos. Então, cuidado – alertei-a.

– Claro! Eu sei disso. Pode deixar. Não vou fazer nenhuma besteira. Mas estava pensando... se eu não puder apresentar o projeto para a Suprainternet, como vou colocar em prática a execução do dimu-espiritual?

– Pois é! Taí mais uma coisa que você precisa resolver. Vai precisar bolar uma forma de desenvolver seu projeto sem a Supra ficar sabendo. Mas se essa missão lhe foi dada, é porque saberá o que fazer. Agora deixe o dimu-espiritual de lado ou chegaremos atrasadas – avisei.

Camila foi tomar um banho rápido e logo partimos em meu flut rumo à sede da Suprainternet para mais um dia comum de trabalho.

Nós sempre escolhíamos a *Sala Zen*. Gostávamos de nos sentar no tapete, lado a lado, para trocar algumas ideias ao longo do dia. Mas, nesse dia, senti que Camila estava mais agitada do que o normal, tentando sem sucesso se concentrar em seu trabalho rotineiro chato. Ela se levantava o tempo todo para pegar algo para

CAPÍTULO 6

beber; era água, chá, suco detox, cada hora uma coisa diferente. Deve ter acabado com todo o estoque da máquina de bebidas do andar.

– Vou ao banheiro e já volto – avisou.

– Mas de novo? – Questionei, já de saco cheio, pois toda vez que ela se levantava eu tinha que ir atrás para protegê-la.

– Você não precisa ficar atrás de mim toda vez que eu me levanto, Madhu. Nossa, você parece minha segurança ou coisa assim. Não seja tão pegajosa. Eu adoro sua companhia. Amo, na verdade. Mas, às vezes, você me sufoca. Às vezes, as pessoas só precisam ficar um pouco sozinhas, entende? – desabafou, já em pé, pronta para sair às pressas.

– Desculpe – disse com sinceridade.

Eu entendi o que ela queria dizer. Devia mesmo ser irritante ter alguém em sua cola o tempo todo. Eu odiaria ter alguém atrás de mim como eu estava fazendo com ela. Respeitei seu livre-arbítrio e deixei que ela fosse sozinha ao banheiro. O guia espiritual dela a seguiu, e me avisaria se houvesse qualquer problema.

Com esse corpo zeptoide, tenho a audição mais aguçada que a de um cachorro, e consigo filtrar o som que quero ouvir – é como sintonizar um canal de rádio. Eu sintonizei minha audição em cada passo ou som que Camila fazia. Afinal, minha missão era protegê-la, mais dela mesma do que de outra coisa.

Ela caminhava, mas, em determinado momento, parou.

– *Ah, Vince. Que bom que te achei! Será que pode me ajudar com uma dúvida?* – perguntou para alguém que eu não conhecia.

Fiquei mais atenta. Ela devia ir direto ao banheiro e voltar logo. Não era para ficar de bate-papo com colegas dentro da Supra. Comecei a ficar aflita.

– *Claro! Manda* – disse o garoto desconhecido.

– *Como se resolve esta equação?* – Camila perguntou.

Levantei-me imediatamente. O que ela estava fazendo? Sobre qual equação estava querendo saber? Eu estava irada. Ela não conseguia ficar com a boca fechada! E com certeza tinha enviado a tal equação para a tela holográfica do garoto para que ele pudesse ver.

– *Interessante... Eu te envio ainda hoje. Prometo* – respondeu o rapaz.

Eu os alcancei quando ele tinha terminado de falar..

– *Camila, você não disse que ia ao banheiro?* – perguntei, meio irritada.

– *Nossa, agora você está parecendo minha mãe, Madhu. Eu vou ao banheiro, sim. Só parei para tirar uma dúvida com o Vince. E o que você está fazendo aqui? Não consegue ficar longe de mim, não é mesmo? Isso já está parecendo coisa psicótica. Fala sério!* – disse, girando nos calcanhares e seguindo em direção ao banheiro.

CAPÍTULO 6

Seu guia espiritual olhou sério para mim, também preocupado, e a seguiu.

Se a equação que ela mostrou para o tal do Vince era o que eu estava pensando, o estrago já estava feito, em breve os draconianos poderiam suspeitar de Camila. Voltei para a Sala Zen e fiquei esperando-a retornar do banheiro. Se algo desse errado, o guia espiritual dela me avisaria. Pareceu uma eternidade. Ela voltou e se sentou ao meu lado como se nada tivesse acontecido. E eu também fingi que nada tinha acontecido, pois poderíamos estar sendo vigiadas pela Supra naquele exato momento. Eu teria de esperar até chegarmos em casa para conversar com ela. E, dependendo da gravidade da situação, teríamos de fugir para algum lugar seguro.

– Não acredito! – Ela pensou alto, olhando para sua tela holográfica. – Rápido assim?

– O que foi? – perguntei.

– Nada... Quer dizer, o Vince me humilhou. Ele conseguiu achar a solução da equação em menos de uma hora. Isso é muito humilhante!

– Ah! – Foi tudo que eu pude dizer.

O tempo pareceu se arrastar até o fim do expediente. No caminho para casa, Camila geralmente falava sem parar o trajeto todo. Desta vez, ela só perguntou se poderíamos seguir direto para casa em vez de irmos plantar árvores, como era nosso costume diário. Então, ficou calada e pensativa, com a desculpa de que estava cansada. Lá no fundo, ela sabia que, por causa da ansiedade em resolver uma equação do projeto do dimu-espiritual, tinha cometido um grande vacilo.

Entramos em casa. Minha vontade era me refugiar na minha cápsula dormitório, fazer um desdobramento e fugir de lá. Estava de saco cheio de Camila e daquela missão monótona e maçante. Mas venci o desejo de fuga e enfrentei a situação.

Camila estava na cozinha caçando algo para comer antes de mergulhar no projeto do dimu-espiritual. Ela estava muito ansiosa para voltar a trabalhar naquele projeto.

– Nem preciso te dizer que cometeu um tremendo erro dividindo equações do projeto com seu amigo, certo? – joguei.

– Ah, Madhu, dá um tempo. É sério, isso já está parecendo obsessão. Você não larga do meu pé – queixou-se.

– Acredite! Gosto tanto quanto você desta situação toda, que me mantém perto demais de você – desabafei.

– O que você quer dizer com isso? – perguntou, curiosa.

– Nada. Quero dizer, minha intuição me diz que eu devo protegê-la, apesar de a razão não querer ficar o tempo todo do seu lado. É isso. Você se colocou numa posição de alto risco. Se alguém da Supra desconfiar do que você está fazendo, eles vão matá-la. Entende a gravidade da situação?

CAPÍTULO 6

— Ninguém vai desconfiar. Você está sendo neurótica com esse excesso de cuidados e essa crença em teoria conspiratória. Nem sei se acredito nisso. E outra, a equação para a qual pedi ajuda era só uma equação, nada de mais, não tem por que alguém suspeitar. E pare de tentar me proteger o tempo todo, isso é irritante.

Na cozinha, Camila aqueceu alguns pães de abóbora na *air fryer*, colocou num pote e foi se sentar no chão do ambiente social para começar a trabalhar no projeto do dimu-espiritual enquanto comia, para não perder tempo.

Queria dizer a ela que era importante prestar atenção e se concentrar no que come, e não comer e trabalhar ao mesmo tempo, ou ela poderia ter uma indigestão, e que precisava primeiro dormir e tomar um banho, mas não quis dar uma de chata; não queria deixá-la ainda mais irritada, o que a afastaria de mim. Eu me sentei num pufe não muito próximo dela e me conectei com músicas terapêuticas – estava precisando restabelecer o controle emocional. Era bem difícil manter o equilíbrio energético num planeta com uma densidade vibracional tão pesada. Uma pequena distração e o subconsciente criava programas estúpidos e passava a controlar sua vida sem que você se desse conta.

O planeta Terra era um lugar perigoso. Não me refiro a perigos externos, isso também, mas falo sobre os perigos internos, aqueles que chegam sem que percebamos e nos consomem e afundam no abismo mental.

Fiquei o tempo todo em silêncio, fazendo a leitura do campo energético de Camila. Quando notei que ela estava calma e de bom humor, puxei assunto.

– Tenho uma curiosidade – comecei. – Afinal, a tal equação que seu amigo resolveu era tudo de que você precisava para terminar o projeto do dimu-espiritual? – perguntei, enquanto ouvia minha música ressoar apenas dentro do meu cérebro zeptoide.

– Não era tudo, mas ajudou muito! Acho que termino isso ainda hoje – respondeu ela, sem parar de trabalhar.

– Sério? Tão rápido? Isso é ótimo! E já pensou em como vai colocar em prática a produção do dimu-espiritual? – perguntei.

– Ah, ótimo você tocar nesse assunto. Tive uma ideia, sim, e queria saber sua opinião. – Ela levantou os olhos, parando um momento para conversar.

– Claro! Estou à disposição.

– Vai ter que ser uma descoberta como se fosse *um acaso do destino*. Pensei em invadir a inteligência artificial da maior empresa de produção de tablets, aqueles usados por crianças que ainda não têm idade para implantação de zeptalentes. Eu vou invadir o sistema deles e alterar alguns dados na produção e, assim, "por um acaso do destino", as crianças que adquirirem esse novo tablet começarão a se comunicar com espíritos. O que acha?

CAPÍTULO 6

– Isso é mesmo possível? Acho perfeito! Não teria pensado em uma solução melhor – respondi, com sinceridade. – Mas dessa forma você não terá a notoriedade nem receberá o crédito pela descoberta e criação do dimu-espiritual. Nunca ninguém saberá que foi você quem desenvolveu o projeto, e provavelmente essa nova tecnologia nem virá a ser chamada de dimu-espiritual. Não se importa com isso? – indaguei, curiosa. Eu achava que Camila poderia ser vaidosa e desejar receber os créditos pela sua descoberta.

– Também pensei nisso. Acontece que, quando as pessoas encarnadas começarem a se comunicar com os espíritos, ficarão sabendo de toda a verdade, inclusive que fui eu quem desenvolveu o dimu-espiritual, e vão também informar o nome dessa nova tecnologia, pois com certeza estarão vendo tudo, toda a verdade. Então eu terei, sim, crédito pelo meu projeto e ficarei segura.

Para minha decepção, eu estava correta: Camila era mesmo vaidosa. Eu tinha a esperança de que ela dissesse que não se importaria em não receber o crédito pelo projeto, que o importante era o benefício espiritual que a humanidade receberia. Mas, como eu imaginava, Camila ainda não era o tipo de pessoa de um mundo de regeneração. Não ainda. Mas ainda havia chance de ser, se ela fosse esperta e fizesse uso da técnica que eu havia lhe ensinado, de conexão com a Fonte Criadora para adquirir virtudes. E ela tinha uma ideia errada do quarto plano da existência ao qual o dimu-espiritual conectaria a humanidade encarnada. Nem todos os espíritos viam tudo o que acontecia no mundo dos encarnados, como ela imaginava. Na verdade, os espíritos evoluídos, aqueles que podiam ver tudo, eram bem raros no quarto plano de existência, eles estavam no quinto plano existencial. O dimu-espiritual conectaria os humanos encarnados, que são do terceiro plano da existência, apenas com os espíritos do quarto plano existencial, das colônias espirituais. Ou seja, a comunicação seria com espíritos de mesmo nível evolutivo que os encarnados, porém mais esclarecidos por não estarem com o véu da amnésia. Os seres iluminados estavam em outro plano de existência.

– Que ótimo! Bom, vou tomar banho e dormir. Não se mate de tanto trabalhar. Até amanhã. – Eu me despedi e fui para minha cápsula dormitório para me desdobrar e seguir em viagem astral para Shandi33, para entregar o relatório do dia e dar a boa notícia.

CAPÍTULO 7

Quando acordei na manhã seguinte, Camila ainda estava dormindo. Ela devia estar tão cansada que não acordou nem com o despertador da zeptalente. Tive que acordá-la e saímos um pouco atrasadas.

Após uma conversa séria com Camila, ela me convenceu de que ninguém suspeitaria dos planos dela só por causa de uma equação. Então eu confiei no que ela disse. Achei melhor manter nossa rotina corriqueira, para não levantar nenhuma suspeita.

Durante o trajeto para o trabalho, como era o habitual, ela começou a matracar.

– Estou exausta, mas muito animada. Consegui fazer tudo: terminei o projeto, invadi o sistema operacional de produção de tablets e modifiquei os códigos. Ufa!

Agora posso relaxar. Quero dizer, ainda não há como ter certeza se dará certo. Mas estou confiante e muito ansiosa para ver os resultados. Vai ser incrível! Não vejo a hora de ver a notícia de crianças se comunicando com os espíritos por tablet, e a notícia viralizando para o mundo todo numa proporção sem controle. Consegue imaginar como isso será incrível? Tomara que as crianças não comecem a se comunicar com espíritos do mal, né!? Mas, não, com certeza a espiritualidade está no controle da coisa toda, e seres do bem serão os primeiros a se comunicarem. Vai ser tão lindo! Quero muito usar o dimu-espiritual para me comunicar com Gael e descobrir toda a verdade sobre a história dele. Não tenho nenhum parente próximo que tenha morrido. Que bom, né? Se bem que a morte não é coisa ruim, e é exatamente isso que o dimu-espiritual vai provar de uma vez por todas. Mas será incrível poder me comunicar com tataravós e coisa assim. Que irado deve ser! Acho que ainda nem caiu minha ficha de tudo o que o dimu-espiritual trará para o nosso mundo.

Eu quase pulei de tanta alegria com a notícia. Não via a hora de terminar aquela missão e voltar para Shandi33.

– Que ótimo, Camie! Fico muito feliz. Parabéns! Não imaginava que um projeto de tamanha magnitude seria feito tão rápido.

– Graças à ajuda de Vince. Sem ele, eu demoraria uma eternidade para revolver aquela equação. Era bem complicada. E eu nunca fui tão boa quanto Vince e

CAPÍTULO 7

Gael em matemática. Gael era ainda melhor que Vince. Só espero não ter errado nenhum cálculo, porque, se houver qualquer erro, o dimu-espiritual não vai funcionar. Mas acho que não errei nada. Quero dizer, errei várias vezes e fui conferindo centenas de vezes até ter certeza de que não havia nenhum erro. O bom mesmo seria esse projeto ser feito da forma correta, com uma equipe por trás, refazendo e ajustando a tecnologia. Ela vai ficar meio tosca e falha no início, por não ter sido tão bem elaborada, mas vai funcionar, e é isso o que importa. Sabe como é, vai que sua teoria conspiratória esteja certa, que Gael tenha sido assassinado e tudo mais. Não quero arriscar ser assassinada. Adoro estar viva e quero muito usar o dimu-espiritual. Tenho ainda muitas coisas para fazer neste mundo... – e continuou falando por todo o trajeto até a sede da Supra.

Conforme Camila falava, eu me dei conta de que o projeto poderia ter falhas, o que me deixou um pouco preocupada. Eu teria de esperar até o dimu-espiritual ser viralizado nas redes sociais antes de voltar para Shandi33, para ter certeza de que minha missão tinha sido cumprida. Isso me deixou um pouco triste. Eu já estava com saudade do meu verdadeiro lar e de minha família de alma.

Camila estava agitada. Ela andava rápido e falava mais do que de costume, que normalmente já era em excesso. Tinha receio de que ela não conseguisse ficar de boca fechada dentro da Supra. Precisei ficar extremamente atenta a ela, o que me deixou mentalmente cansada.

Naquele dia, Camila revolveu fazer um social com todas as pessoas que encontrava pela frente e não deixava ninguém falar. Percebi que a maioria das pessoas tentava fugir dela, e ela não se tocava disso, ou fingia não se tocar. Ela provavelmente tinha algum problema de carência emocional e insegurança, e talvez por isso fosse uma falante compulsiva, principalmente quando ansiosa. O fato de ela falar sem parar deve ser algum mecanismo de proteção subconsciente para não ter de lidar com alguma dor que possa vir à sua consciência, algo que a fere muito. Fiquei tentando compreender qual seria o programa de crença gravado no subconsciente de Camila que a tornava uma falante compulsiva. Eu sabia perfeitamente como me conectar diretamente com a Fonte Criadora e fazer uma leitura no campo de uma pessoa, em todos os níveis de crenças programados no subconsciente, mas jamais poderia fazer isso sem a permissão da pessoa, e nem poderia, pois sem permissão eu não tinha acesso. Por isso fiquei tentando usar a lógica para compreender o problema de Camila. Porém, a lógica baseada em sentidos restritos é uma grande aventura.

Enquanto estávamos sentadas no ambiente zen da sede da Supra, trabalhando cada uma no seu canto, eu acessei os registros abertos das redes sociais de Camila, puxando todas as informações armazenadas sobre sua vida. Isso não poderia ser considerado invasão, eram as redes sociais que ela mesma criara, e estavam públicas e abertas para amigos. Na minha pesquisa, descobri que, quando Camila nasceu, sua mãe era uma

CAPÍTULO 7

adolescente de treze anos. Imatura e perdida, nem sabia quem era o pai. Sem estrutura emocional, optou por colocar a filha para adoção. Camila foi adotada por um casal homossexual, dois homens generosos e amorosos que lhe deram todo o amor e carinho necessários. Mas ela sempre sentiu necessidade de uma mãe, uma figura feminina em quem pudesse se espelhar. Por isso, quando adolescente, disse aos pais adotivos que queria conhecer a mãe biológica. Eles não se opuseram; muito pelo contrário, ajudaram Camila a localizá-la. A mãe morava em um abrigo comunitário, onde vivem pessoas sem crédito nenhum com a Supra e que já fizeram diversos tratamentos na Clínica do Amor, sem obter um resultado satisfatório. O nome dela era Raquel, uma jovem amargurada e depressiva.

Camila estava empolgada e cheia de esperança no dia em que foi conhecer a mãe biológica. Ela se preparou durante vários dias até tomar coragem, comprou presentes e até elaborou um discurso para aceitar o perdão da mãe. Mas Camila, que tem um coração amoroso e puro, não esperava ser duramente rejeitada pela mãe. Ela não tinha se preparado para o pior. E o pior aconteceu. Raquel não foi apenas fria e impessoal com Camila, ela a humilhou e riu de sua ingenuidade. Foi cruel com uma menina de dez anos. Agora eu entendia Camila, e sentia um imenso amor por ela.

A fala compulsiva era um subterfúgio encontrado por Camila para não sentir medo de ser rejeitada. Enquanto sua mente se mantivesse ocupada, tagarelando, o medo de ser rejeitada não teria espaço para surgir. Ela estava com medo de que as pessoas não acreditassem que tinha sido ela a criadora do dimu-espiritual e, assim, a rejeitassem.

Parei de vasculhar as redes sociais de Camila. Agora eu a entendia perfeitamente e conseguiria ser mais paciente e amorosa com ela, como ela merecia.

Fiquei tão distraída acessando os registros de Camila que não notei que ela não estava mais ao meu lado. Levei um susto. Tentei me conectar com o som de sua voz, e não ouvi nada. Rapidamente me levantei e tentei me conectar com seu guia espiritual. Silêncio absoluto. No mesmo instante, recebi uma mensagem em minha caixa de recados da zeptalente: *"Comparecer à diretoria-geral no 13º andar".*

Com um péssimo pressentimento tomando conta de mim, imediatamente respondi à mensagem: *"Posso saber o motivo do requerimento?"*, e no mesmo instante veio a resposta: *"Você sabe o motivo".*

Senti meu corpo se preparando para o pior, conexões neurais se aprontando para uma luta. Algo tinha dado errado. Tentei imediatamente solicitar reforços à Shandi33, mas era tarde demais. A Supra tinha restaurado seu escudo que impedia comunicação externa, desdobramentos e acesso a seres espirituais. Estava a caminho da porta de saída para solicitar reforços fora do escudo quando recebi a mensagem: *"Se sair da sede, ela morre".*

CAPÍTULO 7

Era minha missão proteger Camila. Ela não podia morrer. Rapidamente peguei o elevador até o décimo terceiro andar, rumo à sala do diretor-geral. Ele não sabia com quem estava lidando, eu não era humana como Gael, Camila e Os Sete. Ele teria de enfrentar uma máquina mortífera. Meu corpo tinha sido criado para ser uma agente de segurança intergaláctica e lutar contra os mais terríveis alienígenas do universo. Não seria difícil derrotar um draconiano em um frágil corpo humano. Eu usaria toda a capacidade de meu corpo zeptoide para salvar Camila.

O elevador parou no décimo terceiro andar e a porta se abriu. O andar estava vazio. Completamente vazio. Atravessei a ampla antessala contemporânea e segui por um corredor de paredes brancas revestidas de *boiserie* e iluminadas com arandelas de cúpula branca. Passei pela moderna sala monocromática da recepção, mas não havia ninguém para me recepcionar. Parei diante de uma porta francesa branca, que se abriu para a sala da diretoria.

– Seja bem-vinda, minha cara – saudou o diretor Lucian.

Ele era um belíssimo jovem alto de olhos azuis e semblante angelical. Mas aquela carinha de anjo não me enganava. Eu sabia que dentro daquele corpo havia um anjo caído de origem draconiana. Eu podia sentir a presença daquele ser das trevas. As agulhas venenosas de meu pulso latejavam de desejo de eliminar aquele ser trevoso.

Lucian deu espaço para que eu entrasse e fechou a porta. Camila não estava em lugar algum daquele escritório.

– Onde está minha amiga? – Fui logo perguntando.

– Sua amiga está segura. Tive de contê-la até que você chegasse. Ela estava um pouco agitada, suspeitando de que eu pudesse lhe fazer algum mal. Posso lhe mostrar, se fizer questão, que estou dizendo a verdade.

A voz dele era mansa e calma; poderia acalmar a mente humana, mas não tinha poder sobre a minha mente. Durante o treino para me tornar uma agente de segurança intergaláctica, aprendi a não ser influenciada por seres demoníacos.

Então eu disse:

– Vamos parar de fingir. Você sabe muito bem que eu sei quem você é. E acredito que, agora, ao menos desconfie de quem eu seja. Então é obvio que eu quero uma prova bem concreta de que Camila está bem – declarei, sem paciência para entrar no joguete de um draconiano hipócrita.

– Claro que eu sei quem você é, minha cara. E é um enorme prazer conhecer a filha de Lúcifer pessoalmente. Não há uma única alma em meu mundo que não conheça a rebelde filha de nosso grande *fuhrer* Lúcifer, o mais iluminado, a maior glória criada por Deus, a estrela mais brilhante. Uma pena você não entender quem é seu pai e seu objetivo neste mundo. Se compreendesse, não

CAPÍTULO 7

seria uma rebelde, mas uma livre trabalhadora em prol da humanidade, assim como eu.

Fiquei ouvindo aquele discurso ilógico sem a menor paciência. Quando ele percebeu que suas palavras não tiveram nenhum efeito em meu discernimento, mudou de assunto.

– Sua amiga foi muito ingênua quando pediu ajuda com aquela equação aqui, bem debaixo dos meus olhos. Uma equação idêntica à que havia no projeto de Gael. Quanta inocência! Mas, vejamos, percebo que está mesmo ansiosa para saber se sua "amiga" está bem. Então vou lhe mostrar.

Lucian abriu uma porta secreta escondida por uma estante de livros. *Bem clichê*, pensei. Na imensa sala secreta, sem janelas e sem nenhuma outra saída, havia no centro uma espécie de cilindro vertical, cuja borda parecia ser holográfica, e não física. Camila flutuava dentro do cilindro, e parecia estar dormindo.

– O que é isso? – perguntei.

– Apenas um equipamento que congela almas em corpo físico, temporariamente – respondeu ele.

Eu nunca tinha ouvido falar nesse equipamento, mas sabia que a falta de ética dos draconianos lhes dava liberdade para criar tecnologias inusitadas que jamais seriam usadas por seres de luz virtuosos que respeitavam a lei do amor incondicional.

— Tire ela daí. Liberte a humana — ordenei ameaçadoramente. — Ela é inocente e ignorante, não tem nada a ver com nossos conflitos. Liberte-a e poderemos conversar como duas pessoas civilizadas sem ameaças de morte.

Lucian fez um gesto com as mãos, e o suposto escudo cilíndrico se desfez. Camila caiu no chão com um baque, ainda desacordada. Corri para tirá-la de lá. Queria tê-la protegida em meus braços. Cheguei até ela e, para a minha surpresa, não era real. Era uma imagem holográfica de Camila. Assim que me dei conta de que havia caído numa armadilha, já era tarde demais, a forma cilíndrica ressurgiu, me envolvendo e me prendendo numa espécie de campo eletromagnético. Fiquei com o corpo paralisado, flutuando dentro do cilindro, mas estava consciente e conseguia me comunicar.

Lucian começou a rir.

— Lúcifer ficaria desapontado ao ver como sua rebelde filha é estúpida e como foi fácil enganá-la. Ah, minha querida Kally, filha de Lúcifer, achou mesmo que seria tão fácil? Estou decepcionado. Esperava mais de você. Onde já se viu subestimar a inteligência sublime de um draconiano?

— Onde está Camila? — Foi a primeira coisa que me veio à cabeça. Minha missão era, acima de tudo, protegê-la.

— Morta, é obvio! Acha mesmo que eu a deixaria viver, minha cara? A humana ignorante, como você

CAPÍTULO 7

mesma disse, sabia demais. O conhecimento pode ser bem perigoso, não é mesmo?

– Como posso acreditar em suas palavras? Seu discurso não tem consistência alguma, você não tem integridade. – Eu o acusei.

Não queria acreditar que havia falhado em minha missão. Minha primeira e simples missão, e eu havia falhado!

– Pense, minha cara. Use seu discernimento, o qual julga ser tão correto. Se você fosse um draconiano, deixaria mesmo uma ameaça viva?

Ele estava dizendo a verdade; Camila estava morta.

– Como? – pensei alto, indignada.

– A garota nunca chegou a subir ao meu escritório. Ela foi ao banheiro, e lá... pobrezinha, sofreu um terrível acidente. O chão estava molhado e ela escorregou, bateu a cabeça na bacia sanitária com muita força e morreu. Um acidente horrível. Daqui a pouco alguém a encontrará caída, morta no banheiro, e eu serei chamado para resolver a situação. Por isso devemos ser breves. Que tristeza, não é mesmo? A jovem tinha futuro, mas caiu em mãos erradas. A Confederação tentou usar a pobrezinha, e veja só o que aconteceu.

– E o que pretende fazer comigo? Sabe muito bem que sou imortal. Se destruir este corpo, rapidamente entro em outro e volto aqui para acabar com você. Não pode destruir nem congelar minha alma. Se me

A REALIDADE DOS SETE

congelar, a Segurança Intergaláctica será alertada, e vão me encontrar rapidamente, e isso será seu fim. Sabe muito bem disso.

– Eu não teria tanta certeza, minha cara. A "nobre" Confederação na qual você tanto confia por acaso encontrou Os Sete?

– O que fez com Os Sete? – perguntei, sentindo o medo tomar conta de mim.

– O mesmo que farei com você. Infelizmente, não há outra saída. Eu lamento. O fato de ser filha de Lúcifer não diminui sua culpa e o perigo que representa. É triste que tenha escolhido o lado errado. Nesse momento, poderia ser a rainha absoluta de todos os umbrais da Terra e muito além. Mas não, você preferiu servir a ingênuos e idiotas seres que se dizem iluminados.

– O que pretende fazer comigo? – perguntei novamente.

– Achará muito interessante o que pretendo fazer com você! Passará, então, a admirar a inteligência de um draconiano e verá nossa superioridade tecnológica. Veja bem, preste atenção; você já sabe que o buraco negro que existe no centro de toda galáxia é, na verdade, um grande portal para um universo paralelo. Há milênios, os draconianos vêm estudando todas as dimensões e interfaces que ocorrem dentro de um buraco negro, e descobrimos que há nele um local, em particular, muito interessante. Verá com seus próprios olhos, pois é para lá que você vai, minha cara. É o

CAPÍTULO 7

único lugar onde sua alma nunca será encontrada. Um espaço neutro entre mundos capaz de prender o corpo físico, que, por consequência, segura seu espírito. Se eu matasse Os Sete, o espírito deles teria liberdade e continuaria sendo um problema, interferindo em meus planos. Nada bom, nada bom. Mas, se o corpo físico for aprisionado, o espírito também permanece em um local inacessível para o reino espiritual... Ah, veja que maravilha! Não é brilhante? Um espaço neutro e impossível de ser encontrado ou rastreado e... impossível de ser deixado! Brilhante, não é mesmo?

– Para tudo há uma saída! – retruquei, mais controlada. Eu me concentrei para me manter sóbria e não me abalar por emoções humanas. – Você tem muita inteligência, mas pouca sabedoria. Ignora totalmente as leis que regem o nosso universo, ignora a lei do karma.

Lucian riu e disse:

– Nunca ignoramos nada, minha cara. Pelo contrário, usamos o conhecimento a nosso favor. Como você mesma disse, a lei ocorre em nosso universo, uma vez que, se for retirada do universo e entrar num espaço neutro entre universos, estará à mercê da própria sorte. Então, lhe desejo sorte. Você vai precisar.

– E como pretende me levar até o centro da galáxia sem que percebam? A partir do momento que eu sair desta sede, a Confederação Intergaláctica receberá o alarme e vocês estarão perdidos – argumentei, para ganhar tempo. Eu tentava fazer desdobramento, viagem astral, sair do corpo físico, desesperada para

A REALIDADE DOS SETE

solicitar reforço, mas não estava conseguindo. Algo naquele campo de força impedia o desdobramento.

– Simples. Muito simples. Você realmente subestima a inteligência de um draconiano. Você já está dentro de um teletransportador, vai viajar num dobramento de espaço-tempo instantâneo, e em um piscar de olhos já estará lá. Será rápido e nada tedioso, não se preocupe. Bom, chega de jogar conversa fora. Tenho muito trabalho pela frente. Como sabe, uma de minhas funcionárias sofreu um terrível acidente no banheiro. Preciso cuidar da situação. Faça uma boa viagem, filha rebelde de Lúcifer.

A última coisa que vi naquela sala foi Lucian fazendo um gesto com a mão, e então eu já não estava mais lá. Estava sendo sugada. Eu me senti como Alice no País das Maravilhas, caindo no buraco do coelho. E minha intuição estava certa: o que estava por vir era bem semelhante ao que Alice vivera no País das Maravilhas, mas de maravilhoso não tinha nada.

CAPÍTULO 8

Em meu coração, mais alto do que o medo do desconhecido, gritava a vergonha por eu ter falhado. Eu fracassei em minha missão, não consegui proteger Camila. E ainda existia a possibilidade de o projeto do dimu-espiritual nunca ser realizado. Se Lucian tiver descoberto o dimu-espiritual a tempo, antes de poder ser viralizado, tudo estava perdido. E, com a vergonha, também gritavam a saudade de Shandi33 e o desespero de tê-la perdido.

Quando senti que não estava mais em queda, abri os olhos. Por um instante, fiquei confusa e, então, aliviada. Eu estava dentro de Shandi33! Havia sido resgatada pela minha nave-mãe. Estava em casa, em Shambala, deitada na minha cama. *Que estranho! O que estou fazendo aqui?*, pensei.

A REALIDADE DOS SETE

Levantei-me imediatamente e solicitei por telepatia uma vinamaxi para me deslocar até a Ala9 de Segurança Intergaláctica e uma reunião de emergência com os membros do comando da Confederação Intergaláctica.

Saí às pressas pela porta da frente da casa para pegar a vinamaxi e partir para a Ala9, e lá, onde a vinamaxi me aguardava, havia cinco pessoas paradas, me esperando. Eram nitidamente humanos do planeta Terra.

– Quem são vocês? – perguntei, curiosa.

Nunca houve humanos em Shandi33, além de mim, no passado. Aquilo era inusitado.

– Somos Os Sete. Ou melhor, éramos Os Sete, hoje somos cinco. Dois de nós se perderam em suas próprias mentes – respondeu uma senhora de estatura baixa e ligeiramente obesa, de cabelos curtos e olhos azuis.

– Os Sete?! Vocês também foram resgatados? Isso é ótimo! – disse, aliviada.

– Não. Infelizmente nenhum de nós foi resgatado. Você também não foi resgatada – respondeu um senhor idoso de longa barba branca.

– Estamos em Shandi33, a nave da Confederação Intergaláctica Espacial, que trabalha para a Fonte Criadora. Fomos, sim, resgatados – expliquei a eles.

– Não, querida. Não fomos – começou a dizer uma mulher alta de cabelos curtos; uma empata, pelo que pude perceber, a julgar pelos olhos, que refletiam os

CAPÍTULO 8

meus. – Esta não é sua nave. Não a real. Quero dizer, ela é real, materializou-se neste mundo, mas não é a mesma de onde você veio. Estamos presos num espaço peculiar onde tudo que pensamos, sentimos e desejamos se concretiza imediatamente, no mesmo segundo. Demoramos mais de cem anos para entender como este mundo funciona e nos libertarmos de nossas próprias mentes. Experimente! Feche seus olhos e mude o que sente no coração e verá seu sentimento se materializando diante de seus olhos.

– Não é possível! – falei, indignada.

Fechei os olhos e me concentrei no desejo de ver Camila viva, comemorando a vitória da execução do projeto do dimu-espiritual. Quando abri os olhos novamente, não havia somente cinco pessoas na minha frente, mas seis, e uma delas era Camila. Estávamos no planeta Terra, no Jardim Botânico, comemorando o resultado bem-sucedido do projeto.

– Madhu! – Camila gritou e correu para me abraçar.
– Nós conseguimos! Chega de delirar. Você conseguiu.

– Você é tão real! – suspirei, abraçada à Camila, sentindo seu cheiro de humana.

– É claro que sou! – disse ela.

– Não é – interrompeu a senhora baixinha de olhos azuis.

Fez-se um nevoeiro denso e, quando a nebulosidade se dissipou, Camila e tudo ao meu redor tinham

A REALIDADE DOS SETE

desaparecido, ficando somente eu e os cinco seres humanos reais. Então constatei a amarga verdade do que eles me haviam dito; Shandi33 não me resgatara. Eu estava presa num espaço neutro entre mundos. Um lugar impossível de ser rastreado. Estava perdida, e havia falhado completamente em minha missão.

Comecei a fazer meu cérebro funcionar. A mulher alta de cabelos curtos disse que eles estavam ali naquele espaço havia mais de cem anos, então comecei a calcular. Se eu fosse humana, acharia esse fato impossível, mas hoje sei que, por ser ilusório, o tempo é relativo. A percepção de tempo varia dependendo da curvatura do espaço. Se estamos dentro de um buraco negro, num espaço neutro entre mundos, aquilo fazia, sim, sentido. No tempo da Terra, haviam-se passado apenas duas semanas desde o desaparecimento de Os Sete, mas para eles o tempo era diferente, estavam havia mais de cem anos vivendo naquele espaço no interior do buraco negro.

Eu me controlei emocionalmente, respirei fundo e encontrei meu eixo.

– Meu nome é Madhu, sou agente da Segurança Intergaláctica, da nave Shandi33. Estava em uma missão no planeta Terra para a implantação de uma tecnologia de comunicação entre os terráqueos encarnados e os desencarnados. A tecnologia da qual vocês seriam os precursores. A Confederação Intergaláctica vem movendo todos os seus setores e esforços para encontrá-los. E aqui estou eu. Achei

CAPÍTULO 8

vocês. Porém estamos presos. Mas deve haver uma saída. Para tudo há uma saída.

– Estamos imensamente felizes que uma agente da Segurança Intergaláctica esteja aqui. Você restaurou nossa esperança que havia se esvaído. Queremos também nos apresentar a vós, cara Madhu – disse o senhor de barba branca. – Somos Os Sete, cada um de nós representa um plano da existência, e trabalha com ele. Unidos, trabalhamos como precursores da Terceira Realidade, que representa o fim da dualidade em todos os planos existenciais do mundo.

Então, cada um começou a se apresentar:

– Eu sou Alexandre – disse um belo homem de uns cinquenta anos, loiro, magro e alto –, fui eu, dentre nós, o primeiro a compreender este espaço onde estamos, pois eu represento o sétimo plano existencial, o plano da Fonte Criadora, sou um mestre em thetahealing.

– Eu sou Mônica – continuou a senhora baixinha de olhos azul-claros como faroletes – e represento o quarto plano da existência, o plano do reino dos espíritos, onde ficam as colônias espirituais. Tenho a mediunidade de incorporar espíritos.

– Eu sou Francisco – declarou o senhor de longa barba branca –, do quinto plano da existência. Vim de lá e para lá voltarei após cumprir minha missão na Terra. Meu dom é ler emoções e canalizar mensagens de seres iluminados. Faço parte do Conselho dos Doze do quinto plano existencial.

– Eu sou Marta – apresentou-se a mulher alta, morena, de cabelos curtos, que aparentava ter quarenta anos –, representante do sexto plano existencial, o plano onde as leis universais foram feitas. Sou mística, empata, tenho o poder de sentir tudo o que os outros sentem e entendo bem das leis que regem o mundo, e posso me comunicar através dessas leis. Também tenho o dom de curar com música, formas geométricas, numerologia e cromoterapia.

– Eu sou Katia – disse uma mulher de olhos verdes, meigos e gentis –, representante do primeiro plano existencial, o plano da vida inorgânica, dos minerais. Sou alquimista e tenho o poder espiritual de transmutar minerais de uma forma para outra.

– Onde estão os outros dois? – perguntei.

– Larissa é a representante do segundo plano existencial, o plano dos elementos da natureza, das fadas, dos gnomos e dos vegetais – respondeu Marta. – Além de bruxa, ela também é uma artista muito criativa. Usou seu incrível poder de criação e construiu um universo repleto de magia e encanto, onde hoje reina. Ela se afastou de nós, mergulhou em seu mundo mágico e não quer sair dele de forma alguma. Já Rafael, o representante do terceiro plano existencial, lugar onde os animais e os humanos encarnados existem, bem, ele já é outra história. Rafael foi um Exu antes de reencarnar na Terra como quem é hoje. Ao cair neste mundo, acreditou ter voltado para o umbral médio onde vivia antes de encarnar. Sua crença era

CAPÍTULO 8

muito forte, então ele criou seu umbral médio, sua antiga colônia, e vive por lá. Não conseguimos nem mesmo chegar perto de sua colônia, ela é altamente protegida. E ele está muito hostil, nos mantém longe, pois acredita que estamos plasmando formas falsas para enganá-lo e invadir seu mundo.

– Estamos aqui há mais ou menos cento e trinta anos. – disse Mônica. – No começo, ficamos confusos, cada um preso na própria ilusão, criando a própria realidade, separados e perdidos. Alexandre foi o primeiro a perceber o que estava acontecendo. Sua intuição sempre foi muito boa, pois vem direto da Fonte Criadora. Entendeu que estávamos em um mundo onde os draconianos nos exilaram e começou a nos alertar para sairmos da ilusão. Nós cinco conseguimos nos libertar e nos unimos em busca de uma saída. Tentamos encontrar outras consciências além das nossas neste mundo, mas nunca nos deparamos com ninguém real. Somente formas físicas que nós mesmos havíamos criado, no desejo de encontrar outras vidas, porém Marta, que é uma empata, conseguia identificar se a manifestação tinha alma e quem de nós havia criado aquele ser ilusório.

– Já tentamos de todas as formas achar uma maneira de escapar deste lugar – Francisco tomou a palavra –, mas pouco entendemos do espaço onde estamos. Só o que sabemos é que nunca envelhecemos e que criamos instantaneamente tudo o que pensamos e sentimos, e, com esse conhecimento, aprendemos a controlar a realidade que criamos. Sabemos

A REALIDADE DOS SETE

que estamos sozinhos, não vive mais nenhuma consciência aqui, e que não estamos no universo que conhecemos. E, o pior de tudo, estamos isolados, sem conexão com o nosso universo. Como somos a Fonte Criadora experimentando e criando uma nova realidade, podemos, sim, nos conectar com o plano que representamos, mas isoladamente, sem a ajuda de nossos irmãos, sem a ajuda de nossos anjos e mentores. Se não fosse por Marta, a representante do plano das leis universais, até hoje não saberíamos que estamos presos em um espaço separado do universo que conhecemos. E se não fosse por Alexandre, o representante da Fonte Criadora, até hoje estaríamos presos em nossos sonhos ilusórios mentais.

– Nós tentamos de todas as formas achar uma saída daqui, Madhu – completou Marta. – Juntos, criamos um mundo pacífico e muito bonito. Lá, fundamos um centro de estudos, onde armazenamos tudo o que fomos aprendendo ao longo dos anos sobre este espaço no qual estamos vivendo. E agora temos você, que poderá nos ajudar a entender ainda mais este mundo e, quem sabe, elaborar um plano de fuga.

– Não sei se vocês já sabem – eu comecei a dizer –, mas estamos dentro do buraco negro no centro de nossa galáxia, num espaço neutro entre o nosso universo e um universo paralelo. A percepção de tempo aqui é diferente. Não é que vocês não envelhecem, nós envelhecemos, porém o envelhecimento ocorre muito lentamente aqui neste espaço. E este lugar não pode

CAPÍTULO 8

ser rastreado por nenhuma nave ou inteligência. É tudo o que eu sei – concluí.

Os cinco ficaram surpresos com essas informações, e animados para rever as pesquisas e os estudos que fizeram ao longo de mais de um século. Eles me fizeram muitas perguntas, e eu lhes contei tudo o que sabia, o que era muito pouco.

Então eles me levaram para o magnânimo mundo que construíram, semelhante à Nova Terra que Tarala me mostrara antes de eu partir em minha missão. Cada um tinha sua própria cidade, e entre as cinco belas cidades havia uma imensa sede em formato de mandala, que havia recebido esse mesmo nome, onde eles se reuniam com frequência para recriar e aprimorar o mundo deles, fortalecer seus laços de amizade e estudar uma forma de salvar os dois amigos perdidos em suas criações. Eles já haviam desistido de tentar escapar daquele mundo inusitado de criação instantânea. Estavam felizes com a vida que levavam, apesar de sentirem falta de pessoas queridas de nosso universo de origem.

Fomos até a sede Mandala, onde eles me mostraram os inúmeros estudos feitos para compreender aquele mundo e suas variantes. Passei dias estudando na biblioteca, tentando entender aquele espaço neutro entre mundos.

Todos os universos e tudo o que existe é criação da mesma Fonte, que permeia tudo o que há. Nada está separado da Fonte Criadora, pois tudo o que existe é a Fonte se manifestando, criando e experimentando. Portanto, no espaço neutro entre universos, a Fonte se fazia presente, é claro, mas sua presença se restringia à Fonte Criadora que habita em nós, na individualidade de cada um, no microcosmo que somos. Nosso poder de Fonte Criadora que somos foi potencializado, porém nossa conexão com o nosso mundo foi perdida. Os cinco fizeram de tudo para tentar se reconectar com famílias espirituais, ou seja, desdobrar-se e fazer contato com seres de planos existenciais de nosso universo, mas todas as tentativas foram em vão. Marta, que entende das leis universais, elaborou a hipótese de que, se Os Sete estivessem unidos, poderiam, juntos, criar uma nave que manifestasse os sete planos de existência e, assim, criar uma energia tão poderosa de fusão que os puxaria de volta para o nosso universo de origem. Mas eles estavam em cinco e, antes de tentar essa hipótese, teriam de salvar os dois amigos perdidos nas próprias criações. E caso o experimento baseado na hipótese de Marta desse certo, haveria a morte do corpo físico dos sete humanos, tamanha a força energética explosiva que disso adviria, e também porque seriam arremessados para fora do buraco negro, para o espaço sideral de nosso universo, onde corpos humanos congelam instantaneamente. No entanto, suas almas estariam livres, seus espíritos seriam rapidamente encontrados e encaminhados para colônias espirituais, e o trabalho de Os Sete: os precursores da Terceira Realidade, poderia então continuar para o bem de todos.

CAPÍTULO 8

Era inebriante viver em um mundo de criação instantânea. Eu conseguia entender Larissa, a artista que se refugiou em seu mundo mágico de conto de fadas. Quando se tem a capacidade de controlar a mente e as emoções, como Larissa, é possível viver em plenitude num mundo dos sonhos; paradisíaco. E foi assim que Larissa se perdeu. Ela ficou inebriada com sua criação, um vício do qual não queria se libertar. Ela criou seu paraíso particular, e de lá não queria mais sair. É compreensível.

Eu me mantive totalmente absorvida em meus estudos na sede de Mandala, de forma integral, para não me perder na ilusão de minha mente criativa. Se eu começasse a experimentar meu poder criativo, seria difícil me desapegar dele. Após muito estudo, chamei os cinco médiuns para uma reunião.

Nós nos sentamos em volta de uma mesa redonda branca, na sala de reuniões, no centro de Mandala. Cada um criou sua própria cadeira, a que mais lhe agradava. Era fascinante e inebriante viver naquele mundo.

— Chamei vocês aqui porque talvez eu tenha encontrado uma saída — comecei.

Os cinco se entreolharam. Não pareceram empolgados com a possibilidade de fuga por dois motivos: primeiro, porque já estavam bem adaptados e muito felizes no mundo que haviam criado, ou seja, acomodados. Era muito mais fácil viver em um mundo do qual se tem o controle absoluto e uma lâmpada mágica de onde sai um gênio que está sempre à sua disposição para realizar todos os seus desejos e sonhos. Porém, somente as experiências com a pluralidade da vida levam uma alma ao aperfeiçoamento. Precisamos uns dos outros, unidos, somando forças para evoluir. Um puxa o outro. No nosso universo de origem, somos todos uma grande família, uma família com uma magnânima diversidade, e é essa diversidade que nos ensina e nos mostra a verdade dentro de nós. Eles sabiam disso, mas o desejo de ficar era mais forte.

O segundo motivo pelo qual eles não estavam empolgados para sair daquele espaço entre mundos é porque não deixariam, de forma alguma, os dois amigos para trás, e não viam como libertá-los de suas próprias mentes. Tentaram por longas décadas, e já haviam desistido.

Percebi que aquela situação se assemelhava à de um desenho terrestre dos anos 1980, chamado "Caverna do Dragão", um lugar em que alguns jovens, por mais que tivessem oportunidades de sair daquele mundo, por algum motivo sempre deixavam a oportunidade se fechar.

– Estamos curiosos para saber qual seria essa saída – comentou Mônica, um pouco descrente.

– Durante minha formação como agente de segurança intergaláctica, aprendi habilidades e saberes tecnológicos bem avançados. Juntei os conhecimentos que adquiri em minha formação com as informações que vocês coletaram ao longo do tempo e acredito que há uma forma de sairmos deste espaço e sermos transportados para um local seguro fora do buraco negro.

CAPÍTULO 8

– Como? – Marta perguntou, curiosa.

– Vamos materializar uma mer-ka-bah. Sei que já tentaram isso e não deu certo, pois vocês precisariam de Larissa, que se conecta com o plano das fadas. Somente uma fada de coração puro pode dar ordem para o motor de uma poderosa mer-ka-bah para que ele comece a girar corretamente. Sem Larissa, se tentassem sair deste espaço com uma mer-ka-bah, seria muito perigoso. Provavelmente acabariam sendo sugados para uma dimensão de outro universo que não o nosso. Ainda bem que tiveram o bom senso e a sabedoria de não arriscar uma missão suicida. – Eles se entreolharam um pouco assustados, e então eu continuei: – A saída está, sim, na construção de uma poderosa nave mer-ka-bah, em que os sete planos existenciais se fundem. Se a criarmos da forma correta e rotacionando na velocidade certa, acredito que sairemos daqui. Afinal, a mer-ka-bah serve exatamente para isso; viajar entre mundos, entre dimensões, sem fronteiras nem barreiras. Mas ainda preciso rever alguns cálculos para ajustarmos nossas mentes para que a mer-ka-bah nos leve exatamente aonde queremos. Devemos ser teletransportados para um local seguro, sem a perda do corpo físico. Qualquer erro será nossa morte, por isso preciso ter certeza de que os cálculos estão corretos.

– Não podemos abandonar nossos amigos – argumentou Alexandre.

– Eu vou resgatá-los pessoalmente de suas próprias mentes. Darei um jeito. Não partiremos sem eles

— garanti, confiante. — Porém, precisarei da sua ajuda, Alexandre, e de seu poder de persuasão quando for buscar Larissa. Quanto a Rafael, é melhor eu ir sozinha, ou a presença de vocês pode atrapalhar.

— Meu poder de persuasão tem limite — respondeu Alexandre, e o limite é o respeito ao livre-arbítrio do ser, por isso não teve efeito no plano de criação da realidade de Larissa. Lamento, eu já tentei de todas as formas, ela não quer sair de seu mundo.

— Mesmo assim, conto com você — insisti, sem muita paciência. Eu estava confiante de que conseguiria resgatar Larissa.

— Tudo bem. Claro que ajudo — concordou ele, ainda descrente.

Mostrei a eles o novo projeto detalhado da mer-ka-bah que eu estava elaborando. Teriam de criá-la seguindo-o rigorosamente, cada um com a parte em que lhe cabia o conhecimento, de acordo com o plano existencial que representavam. E, quando eu voltasse com Larissa e Rafael, terminaríamos a construção da mer-ka-bah e partiríamos de volta ao nosso universo.

Alexandre e eu nos preparamos para partir para o Mundo da Magia, que Larissa havia criado, com a missão de resgatá-la. O Mundo da Magia era um planeta um pouco menor do que a Lua da Terra. Era um mundo encantador!

CAPÍTULO 9

No Mundo da Magia, havia três grandes luas no céu. Era sempre noite, porém clara; iluminada pelas luas e estrelas que brilhavam na sombra da noite. Raramente aparecia um crepúsculo deixando seu rastro púrpura no céu claro da noite. Nuvens brancas dançavam no céu como neblinas, como se fosse um balé, formando figuras míticas que contavam uma história.

Havia uma atmosfera exotérica de magia, em que gnomos e fadas reinavam em seu paraíso perfeito. Eu gostei. Gostei muito! De imediato me identifiquei com Larissa.

Na superfície do planeta havia muitos rios sinuosos e diversas cachoeiras. Pousamos nossa nave – criada para chegar até aquele mundo – próximo a um rio. A primeira coisa que observei foram as sereias. Belíssimas sereias nadando no rio. Em seguida, vi fadas, várias delas, desde pequenas, como borboletas, até grandes, com a minha estatura. Usavam vestidos de tecido leve, todas lindas, com rostos angelicais. Algumas emitiam um som de tamanha magia que inebriava a alma, seu canto era semelhante à música celta. Havia fadas em todo canto, escondidas na vegetação densa daquele mundo, enroladas em flores gigantes e em casas criadas em galhos imensos de árvores falantes. Ouvi um burburinho de gnomos escondidos na relva, à espreita, mas não os vi, apenas ouvia suas risadas e sentia que estava sendo observada.

Larissa representava o segundo plano existencial, o plano dos elementos e elementais da natureza; das fadas, dos gnomos, dos vegetais e também da água. Portanto, a água tinha uma propriedade especial, ela era a ponte entre o plano inorgânico e o plano orgânico, por isso pertencia tanto ao primeiro quanto ao segundo plano existencial.

O mundo de Larissa era a manifestação mais pura e limpa do segundo plano da existência. Provavelmente ela tenha sido uma fada antes de encarnar como humana no planeta Terra.

A iluminação dentro da densa floresta se dava por margaridas luminosas que brotavam do solo púrpura, e vinha também de alguns cogumelos gigantes cuja cúpula vermelha irradiava luz. Alexandre percebeu meu fascínio por aquele mundo e me alertou:

– Cuidado para não se deixar levar, você pode se perder na mente de Larissa e ficar presa aqui. E, não

CAPÍTULO 9

se engane, nem tudo aqui é lindo e perfeito. Existem guerras às vezes, escuridão e dor.

– Como faremos para encontrar Larissa? – perguntei, seguindo o conselho de Alexandre e me concentrando na missão, para não me deixar levar pela ilusão que Larissa criara.

– Nós estamos *nela*. Cada vez que eu vim aqui, ela se manifestou de determinada forma. Da última vez, era um elfo de olhos e cabelos violeta e orelhas pontudas. Temos de esperar que ela se manifeste. Ela já sabe que estamos aqui. Ela está nos observando, curiosa para saber quem é você.

– E se ela não quiser aparecer? – perguntei.

– Ela vai aparecer. Como eu disse, está muito curiosa para saber quem é você. Pode acreditar, ela vai aparecer logo.

Um barulho estrondoso no céu fez tremer o chão. Ao longe, vimos um grande dragão voando em nossa direção. O barulho vinha do rugido da imensa criatura. Eu fiquei aflita.

– Não precisa ter medo. Ela não vai nos fazer mal algum. Larissa tem bom coração – sussurrou Alexandre, mas seus olhos estavam arregalados, fixos no dragão.

O dragão pousou muito próximo de nós. Era magnífico e ao mesmo tempo assustador. Em seu dorso estava montada uma bela guerreira vestindo uma sensual roupa de couro, com os cabelos arranjados em um penteado medieval e uma diadema na cabeça, como uma coroa delicada, pendendo uma pedra de ônix no terceiro olho.

– Ora, ora, quem resolveu aparecer por aqui! Meu amigo Alexandre. Que surpresa agradável. E quem é essa que está com você? – perguntou, curiosa. – Não parece criação sua. Parece uma unidade de consciência – constatou, surpresa.

O dragão deitou-se no chão e apoiou o queixo nas patas dianteiras. Seus imensos olhos de serpente devoradora de criaturas inocentes me olhavam com curiosidade.

– Olá, Larissa. Dragões não combinam muito com você – comentou Alexandre.

– Estava um pouco entediada. Nada como uma guerra medieval para aliviar o tédio. Inclusive, estava na batalha quando você chegou. Mas você não respondeu à minha pergunta – disse Larissa, me observando.

– Meu nome é Madhu. Sou uma zeptoide. Faço parte do setor de segurança intergaláctica da Confederação Intergaláctica. É um prazer. Seu mundo é magnífico – disse eu.

– Interessante – disse Larissa. – Setor de segurança intergaláctica – repetiu. – E o que faz aqui? – perguntou, parecendo preocupada.

– Gostaria de conversar com você. Com calma – pedi.

– Se quiserem falar comigo com calma, subam nas costas do meu dragão, me ajudem a derrotar o clã dos

CAPÍTULO 9

Klein e então poderemos conversar em meu castelo, e comemorar a vitória – propôs ela.

– Desculpe, mas não entrarei no seu jogo, Larissa – interrompeu Alexandre.

– Eu vou – concordei, já caminhando na direção do dragão.

– Madhu, é uma armadilha para prendê-la neste mundo. Não vá! – Alexandre me segurou pelo braço.

– Não se preocupe. Sei controlar minha mente. Não vou cair em nenhuma armadilha – tentei tranquilizá-lo.

– Ah, Alexandre, meu amigo. Como faz mal julgamento de mim – disse Larissa. – Vou pedir a um unicórnio de corrida que venha buscá-lo, e ele o levará até meu castelo medieval. Vai gostar de lá. – E então ela se dirigiu a mim: – Vamos, Madhu!

Eu escalei as escamas do dragão até alcançar o topo de suas costas. Sentei-me atrás de Larissa e me agarrei à espinha dorsal do dragão, que era sobressalente como uma garra. A criatura se levantou, então me segurei com mais força para não cair. Ele bateu suas imensas asas e alçou voo. A sensação era incrível.

Sobrevoamos florestas encantadas, avistei um castelo branco sobre um despenhadeiro de cachoeira, unicórnios correndo em um pasto de violetas azuis. Atravessamos uma cidade de pedras brilhantes e outra cidade sobre as águas, cujo córrego estava repleto de pequenas embarcações transportando figuras fantásticas, como duendes, que olharam para cima, espantados com nossa passagem. Então cruzamos um mundo moderno de cúpulas de vidro que se interligavam por tubulações cilíndricas transparentes. Era impressionante como a imaginação de Larissa era fértil.

Então atravessamos um vasto rio. O dragão fez um mergulho no ar para tocar com delicadeza as garras na superfície da água, espirrando em mim e em Larissa. Nós rimos, aquilo era muito divertido. Ao atravessar o rio, chegamos a um vasto campo medieval. Ao longe, vi um castelo ilhado pelo mar, que parecia uma montanha cercada por enormes muralhas, como o Monte Saint-Michel, da França, no planeta Terra. No centro e bem no alto estava o majestoso castelo e, ao seu redor, sinuosas ruelas de pedra ladeadas de moradias medievais. As muralhas estavam sendo atacadas por navios piratas. Uma imensa bola de fogo foi lançada em nossa direção por um dos navios. O dragão desviou com destreza e eu quase caí.

– Esse é o problema – disse Larissa. – Se a gente se aproximar mais dos navios, o dragão será abatido. Teremos de voar alto, pousar no topo do castelo e atacar de dentro para fora. Tem uma sugestão melhor? – perguntou ela.

– Não. O mundo é seu. A decisão é sua – respondi.

Voamos alto e cruzamos uma massa densa de nuvens no céu. As três luas estavam bem na nossa frente, radiantes e belas. Então o dragão mergulhou em

CAPÍTULO 9

queda livre e foi freando no bater das asas, até pousar no topo do castelo medieval, no centro da vila murada.

Algumas casas estavam em chamas, e moradores do local, como elfos e fadas, tentavam a todo custo apagar o incêndio. Crianças choravam, chamando a mãe, e havia homens feridos e unicórnios mortos por toda parte. Alexandre tinha razão; nem tudo era belo naquele mundo. Havia escuridão no coração de Larissa.

Descemos do dragão e corremos. Montamos em unicórnios pretos e musculosos de longas crinas e fomos até o lado da muralha mais fragilizada que estava sendo atacada. Ouvi o som de batuques do inimigo, em ritmo constante. Eram onze imensos navios piratas de guerra. Subimos as muralhas. Alguns navios estavam em chamas, os soldados elfos com suas flechas em fogo atiravam sem parar. Mas dos navios os canhões atiravam bolas de fogo, que faziam estremecer a grossa muralha.

– O que faremos? Estão quase conseguindo invadir a cidade – um dos soldados elfos voltou-se para Larissa e perguntou aos gritos, para que sua voz se sobressaísse em meio aos estrondos de destruição e gritos de agonia.

Notei, então, o óbvio: Larissa era a rainha daquele castelo.

Ela se voltou para mim e perguntou:

– Tem alguma ideia?

– Por que não cria uma arma poderosa para acabar logo com isso? – perguntei.

– Que graça teria? Temos de usar a cabeça – retrucou ela. – Isso é um jogo, não entende!? O que você faria?

– Só há uma saída. E você sabe disso – falei, percebendo qual era o jogo.

– Não! – Larissa gritou em desespero.

Ela olhou para o topo do castelo, onde seu imenso dragão a tudo observava, à espera de um comando. Então, com lágrimas nos olhos, Larissa deu o comando. O dragão bateu asas e seguiu na direção dos onze navios. Tivemos de nos abaixar atrás das muretas do topo da muralha quando o dragão abriu a imensa boca e soprou um fluxo de fogo destruidor. Os onze navios estavam em chamas, mas o dragão fora abatido, e afundava nas águas escuras do mar.

– Por que você fez isso? – perguntei para Larissa. – Por que criou essa realidade?

– Como já disse, eu estava entediada – respondeu ela, com lágrimas nos olhos.

– E agora você está infeliz – argumentei.

– Sim, estou. Mas estou viva, experimentando, sentindo, aprendendo, vivendo! – replicou ela, e eu entendi seu argumento.

Larissa era inteligente e encontrou uma forma de tentar evoluir dentro de seu mundo e dentro da crença que tinha de que, para evoluir, precisava sofrer. O que não é verdade. A evolução não precisa ser calcada na dor. Mas essa era sua crença e, portanto, sua verdade. Ela estava criando desafios que a impulsionavam à evolução.

CAPÍTULO 9

– Só assim serei capaz de expandir meu mundo e, quem sabe, um dia me dividir; fragmentar minha consciência para criar unidades conscientes e criadoras em meu mundo – explicou.

Alguns soldados elfos comemoravam a vitória, outros olhavam desolados para o ponto no mar onde o dragão afundara. Sua maior arma de guerra, o dragão, estava destruído, morto, e isso seria um problema para aquele reino.

– Vamos! Temos de voltar ao castelo – ordenou Larissa.

Montamos em nossos unicórnios e cavalgamos até a suntuosa construção.

As tochas nos pilares do grande salão do castelo estavam acesas. As labaredas chiavam num lamento de dor, pois o grande dragão do clã dos Elfos estava morto, e a tristeza naquele lugar era perceptível. Larissa subiu as escadas que davam para um trono de rosa negra e sentou-se, desolada. A negra rosa a abraçou com suas delicadas pétalas. As paredes do castelo eram formadas de musgo e trepadeiras.

Eu subi os dois degraus que davam acesso ao trono e parei em pé, diante da imensa rosa negra onde Larissa repousava.

– Fiz o que me pediu, participei de sua batalha. Agora precisamos conversar – pedi.

– O que você quer, eu não posso lhe dar. Lamento. Jamais abandonarei meu mundo – respondeu.

– Seu mundo real é o nosso universo de origem, que precisa de você. Isto aqui é uma fantasia, uma ilusão, não é real – argumentei.

– O que é realidade, Madhu? Explique-me. Tente me convencer de que meu mundo não é real e eu vou com você – pediu Larissa, rindo.

Eu precisaria da ajuda de Alexandre para convencê-la. Ele poderia, através da Fonte Criadora que representava, retirar dela crenças de seu subconsciente, crenças que a estavam impedindo de se libertar das armadilhas de sua mente. Precisava esperar Alexandre chegar antes de entrar numa discussão com Larissa. Seria tudo ou nada.

– Vamos descansar primeiro, enquanto Alexandre não chega – sugeri.

– Tudo bem. Como quiser. É minha convidada de honra. Terá o melhor dormitório de hóspede e pode ficar quanto tempo quiser. Mas saiba que Alexandre em nada poderá ajudar, ele também não tem como me convencer. Por mais persuasivo que ele seja, faltam-lhe argumentos. Ele deve chegar em algumas horas. Por mais rápido que seja o unicórnio de corrida, estamos bem longe de onde vocês pousaram.

Larissa chamou uma de suas fadas e pediu a ela que me acompanhasse até meus aposentos. Eu a segui.

Precisava mesmo descansar, repor minha bateria e pensar num bom argumento que convencesse Larissa a deixar sua criação e me seguir de volta ao nosso universo de origem. Não seria nada fácil.

CAPÍTULO 10

O meu aposento no castelo medieval era enorme, um amplo espaço aberto setorizado por mobílias rústicas. Havia uma mesa posta, com vinho, queijos e pães, uma imensa sacada aberta, com cortinas de seda bailando ao vento, uma cama com dossel, paredes grossas de musgo e trepadeiras e tudo que um quarto de castelo medieval poderia ter. E parecia muito real. E era real.

Saí na sacada para ver a belíssima paisagem. Diversas fadas voavam no céu, acima de onde o dragão afundara. Era uma vastidão de mar iluminado pela luz das três luas. As casas da vila que serpenteava a montanha até alcançar o castelo estavam com velas e tochas acesas, mostrando que ali havia vida. Diversas janelas medievais irradiavam uma luz amarelada, iluminando as vielas charmosas. Era tudo real e muito lindo.

A REALIDADE DOS SETE

Voltei para o aposento e me sentei na cama para tentar pensar em uma forma de convencer Larissa. Afinal, ela tinha razão, seu mundo era, sim, real. Realidade é a manifestação de nossos sonhos. Quando nosso sonho se manifesta, torna-se realidade. A lei da ilusão, que nos oferece a errônea percepção de planos existenciais separados da Fonte Criadora, é quem gera a realidade que percebemos.

Deitei-me um pouco, para recarregar minha bateria, e logo uma fada veio me chamar. Alexandre finalmente havia chegado de sua viagem. Ele e Larissa me aguardavam na sala de refeições. Ainda bem que a fada de vestido lilás, cabelos rosa e olhos magenta me acompanhou pelos corredores do castelo até o salão de refeições. Aquele lugar era um verdadeiro labirinto, com supostas passagens secretas por todos os cantos. Os corredores eram sombrios, e em alguns cheguei a ouvir choro de crianças.

Segui a fada até um amplo salão lotado de elfos e fadas festejando a vitória da batalha contra os piratas do clã dos Kleins. No grande salão havia uma enorme lareira acesa, e sobre ela estava a bandeira com o estandarte do clã dos Elfos. Próximo à imensa lareira, vi Larissa e, ao seu lado, Alexandre, sentados atrás de uma longa mesa rústica de madeira maciça. Havia um banquete nas demais mesas do grande salão, com carnes, pães, queijos, cerveja e vinho. Sentei-me ao lado de Larissa, e do outro lado estava Alexandre.

CAPÍTULO 10

– Agora, sim, podemos conversar. Certo, Madhu? – perguntou ela.

– Sim, podemos – respondi. Estava preparada.

– Então, me diga, estou curiosa; como pretende me convencer de que este meu mundo não é real?

– Ah, não pretendo enganá-la, Larissa. Seu mundo é, sim, bem real, porém extremamente limitado, não chega nem aos pés da realidade do nosso universo de origem – argumentei.

– Limitado? – Larissa ficou ofendida. – Limitado é o nosso universo de origem! Você viu muito bem do que este mundo é capaz, e tudo o que existe nele. Aqui não existem fronteiras nem bloqueios, tudo é possível. Aqui há magia! – Ela defendeu-se.

– No nosso universo de origem também há magia e poder criativo infinito, são somente nossas crenças que nos bloqueiam. E se engana em achar que aqui não há fronteiras para a imaginação. Existem, sim, fronteiras. Sua mente limitada é a fronteira. Não percebe? Você usa dados de referências que seus sentidos absurdamente limitados copiam, do pouco que conhece, dos acervos akáshicos do nosso universo original. Você não criou nada de novo, apenas usa analogias em seus dados de memória, recriando coisas já existentes no nosso universo de origem. Seu limite é sua mente e suas experiências vividas em nosso universo. Aqui você nunca aprenderá nada de novo. Por mais que tente, jamais evoluirá, pois está presa em sua limitada mente, separada da multiculturalidade e dos diversos planos existenciais que têm como propósito nos ensinar o caminho de volta para a unidade. Você só passa a ser grandiosa e a realmente criar algo original e novo quando se une à Fonte Criadora, a uma consciência maior, sem fronteiras para a criação. Aí, sim, você terá realmente o poder criativo. Até lá, será mera reprodutora de realidades já criadas. Entende a gravidade? Esta realidade é uma prisão, que a anestesia na ilusão da alegria passageira e instável, que acaba por afastá-la de seu propósito de vida. O nosso propósito de vida é a liberdade; é libertar-se da mente que mente para nós, da razão, que é uma doce ilusão, e, assim, atingir a consciência da totalidade, que é a união com a Fonte Primordial de Amor.

Larissa fez cara de desdém e contra-argumentou:

– Liberdade? Ah, por favor! Eu nunca fui tão livre como sou agora. O nosso universo de origem me aprisionava, aqui sou livre para ser quem eu quiser e criar a realidade que eu desejar. Isso é liberdade. Se o propósito da vida é ter liberdade, então aqui eu alcancei meu propósito. Aqui encontrei a felicidade. Nunca fui tão feliz!

– A quem você está tentando enganar? Eu ou você mesma? Uma pessoa feliz não cria um mundo em guerra onde um dragão de estimação precisa morrer para que você possa ter alguma emoção e sair do tédio. Uma pessoa feliz não come um banquete com cadáveres de animais. Aqui você nunca será feliz, pois a verdadeira felicidade é a plenitude que se sente quando há conexão com a Fonte Criadora, com o Todo e Tudo que existe. Aqui você está desconectada, inebriada, e, por mais

CAPÍTULO 10

que tente, nunca vai evoluir. Evolução requer coragem. Desculpe-me, Larissa, mas, apesar de lutar em guerras e criar um dragão assustador, você é uma covarde que se esconde atrás de uma falsa coragem. Tem medo de se relacionar com pessoas reais que têm alma e vida própria. Esses elfos, gnomos e fadas são como os androides sem alma de Shandi33, seres sem alma, sem vida, sem vontade própria, são o seu reflexo e nada mais.

Larissa bateu as duas mãos na mesa, com raiva, dando um basta no meu discurso, e levantou-se irada, com o rosto vermelho.

– Chega! Ninguém vai me ofender em meu castelo! Quero que vão embora. Retirem-se do meu mundo e não voltem mais! Estou farta de vocês. Se acham tão superiormente espiritualizados, mas não sabem respeitar o livre-arbítrio. Grandes seres espiritualizados são vocês – bradou, com ironia. – Esquecem o básico: vocês nunca vão convencer alguém de que seu argumento é o certo se a pessoa já tem sua própria verdade formada e não está aberta a opiniões de terceiros. Eu já fiz minha escolha e não vou mudar de ideia, independentemente do que diga, Madhu. Então não perca mais seu precioso tempo e vá embora.

Larissa tinha razão: não há como ajudar uma pessoa que não quer ser ajudada. Naquele momento, eu entendi que não importavam os argumentos. Por mais sensatos que fossem, não serviriam para convencer Larissa. Cada pessoa tem seu tempo, e aquele não era o dela. Larissa escolheu fechar os olhos, dormir e sonhar, e ninguém, além do tempo, poderia acordá-la.

– Tudo bem! Peço desculpas se a ofendi. Por favor, não fique brava. Prometo que não tentarei convencê-la de vir conosco e abandonar sua criação. – afirmei, com sinceridade.

Alexandre estava resignado. Ele percebeu que eu havia falhado, Larissa jamais seria convencida por alguém, somente pelas próprias experiências. Esse foi o caminho que ela escolhera, e deveria ser respeitada por isso.

Larissa voltou a se sentar, mas continuava irritada e tensa. Eu continuei falando, amistosamente:

– Descobrimos uma forma de sair deste espaço entre mundos no qual estamos presos. Mas, para isso, precisamos de sua ajuda. Peço encarecidamente, em respeito à liberdade de seus amigos que desejam sair deste lugar, que deixe uma de suas fadas vir com a gente. Precisamos da sabedoria de uma fada para acionar o motor de nossa nave.

– Contanto que me deixem em paz, eu os ajudarei. Não me custa nada emprestar uma das minhas milhares de fadas para ajudar meus amigos. Podem levar Stibal, a fada que os acompanhou nos corredores do meu castelo. Ela é muito sábia e não vai querer pregar peças em vocês para se divertir. Por favor, tratem bem a minha fada, e não usem de sentimentalismo para se comunicar com Stibal. Fadas não entendem sentimentos humanos. Elas estão acima de sentimentos medíocres.

– Vamos tratar Stibal com muito respeito, eu prometo – garanti – Agradecemos de coração sua ajuda. Assim

CAPÍTULO 10

que Stibal acionar o motor de nossa nave, eu a liberto para que volte para o Mundo Mágico. Vamos embora agora, mas, antes, peço que aceite um presente nosso.

– Que presente? – perguntou ela, desconfiada.

– É um mapa. Ele levará você até uma nave chamada mer-ka-bah – disse Alexandre. – Peço que guarde este mapa com carinho, como lembrança de nossa amizade e da união de Os Sete. Estamos de partida. Vamos regressar para o nosso universo de origem e nunca mais voltaremos aqui. Se um dia, por acaso, sentir saudade de nós, poderá embarcar na mer-ka-bah que deixaremos criada para você. Neste mapa estão todas as instruções para a ativação da nave. Talvez você consiga fazer isso sozinha, mas não temos certeza. Espero de coração um dia voltar a vê-la, Larissa.

Alexandre materializou o mapa em formato de um grande livro com capa de couro, na qual estava gravado o símbolo da mer-ka-bah em ouro. Um livro grosso com mais de quinhentas páginas, com todas as informações colhidas pelos cinco humanos durante centenas de anos, mais as minhas anotações recentes, e o projeto da nave e de como fazê-la funcionar. Larissa não poderia criar sozinha tal nave, por isso deixaríamos uma pronta, para que ela usasse quando sentisse vontade de voltar ao nosso universo. Porém, apenas a união dos sete planos existenciais faria a nave realmente se deslocar daquele espaço entre mundos. Se Larissa aprendesse tudo sobre os sete planos da existência, talvez conseguisse sair do espaço entre mundos.

Alexandre entregou o imenso livro a Larissa, que aceitou o presente sem dizer nada. Ela olhou a capa do livro disfarçando a curiosidade, e, com falso desdém, o colocou sobre a mesa.

Eu me levantei e me despedi. Larissa e Alexandre também se levantaram. Todos nós nos despedimos amigavelmente. Larissa tentou esconder a tristeza nos olhos com um sorriso tremido falso. Ela não queria dar o braço a torcer, mas eu senti seu medo e sua tristeza em saber que daquele dia em diante nunca mais veria os amigos, que estaria completamente sozinha naquele mundo, presa em sua mente.

Eu tinha esperança de que Larissa refletisse e mudasse de ideia antes de nossa partida. Estava pensando nisso durante o trajeto de volta à sede Mandala, e Alexandre, adivinhando meus pensamentos, disse:

– Isso não vai acontecer. Vai levar séculos até ela acordar para a verdade – concluiu, com tristeza na voz.

Eu me senti um verdadeiro fracasso naquele momento, pois havia falhado em mais uma missão. Eu não consegui salvar Camila e agora também não consegui salvar Larissa. Esperava não falhar com Rafael. Eu era péssima em salvar pessoas. E, novamente, Alexandre adivinhou meus pensamentos:

– Você não tem poder sobre as escolhas dos outros. Cada um escolhe o próprio caminho e, inevitavelmente, encara as consequências de seus atos.

CAPÍTULO 11

Voltamos à Mandala – Alexandre, a fada Stibal e eu. Ao chegarmos, demos a triste notícia aos nossos amigos, que nos esperavam ansiosos. Larissa ficaria para trás. Deveríamos respeitar sua escolha e seguir em frente. Um dia, quando ela estivesse preparada, voltaria à realidade de nosso universo original. A fada Stibal substituiria Larissa na ativação do motor da nave, e eu a substituiria representando o segundo plano existencial na fusão dos sete planos da existência. Por sorte, eu sabia me comunicar com o segundo plano da existência e tinha estudado tudo sobre esse plano na minha formação como agente de segurança interestelar.

Porém, não havia ninguém para substituir Rafael. Se eu não conseguisse libertá-lo do umbral, nosso retorno seria impossível. Era necessária a junção dos sete planos existenciais para criar a explosão que rasgaria o espaço-tempo e nos lançaria para fora do buraco negro.

A nave estava quase pronta, faltava somente a parte que apenas Rafael poderia finalizar. Aquela era a maior mer-ka-bah que eu já tinha visto, feita de uma pedra permeável lilás transparente muito rara, que só existe em uma galáxia muito distante. Em Shandi33 eu já havia estudado sobre o poder daquela pedra, chamada aurécula. Mas só tinha visto essa pedra por imagem holográfica, e ela era bem pequena.

A vantagem de viver num espaço onde se podia criar tudo, qualquer coisa, é que coisas raríssimas no universo, como a pedra aurécula, também podiam ser criadas. Acredito que nem os draconianos tinham conhecimento do poder daquela pedra. Provavelmente não. Com tamanho poder, ela faria um grande estrago em mãos mal-intencionadas. A única aurécula da qual a Confederação Intergaláctica tinha conhecimento estava numa galáxia distante, guardada no interior de uma estrela solitária.

Eu ensinei tudo o que sabia sobre a pedra aurécula para Katia, a alquimista representante do primeiro plano da existência. Foi ela quem a criou em forma de mer-ka-bah. Somente Katia poderia ser capaz de produzir uma legítima aurécula.

A nossa nave mer-ka-bah foi criada na imensa pista de pouso que ficava próxima à Mandala. Eu estava diante da nave, admirando nossa magnífica criação de

CAPÍTULO 11

mer-ka-bah de aurécula. Em breve estaríamos fora do buraco negro, de volta ao nosso universo: o útero que nos gera e nos protege.

Francisco se aproximou e comentou:

— Impressionante esta nave. Você sabe que ela terá de ser destruída assim que adentrarmos nosso universo, não é?

— Sim, eu sei – respondi. O poder da aurécula era tanto que poderia até mesmo alterar códigos matemáticos em nosso universo, ou, se caísse em mãos erradas, a destruição estaria feita. – Vou programar a pulverização da pedra assim que a nave pousar em Shandi33. Você vai gostar de lá – afirmei.

— Não tenho dúvida. Tem certeza de que não quer companhia no umbral? Não será nada fácil a missão de resgatar Rafael. Você tem alguma experiência de resgate em umbrais? – perguntou ele.

— De umbral eu entendo bem. Não se preocupe, Francisco – não quis entrar em detalhes contando a ele que já fui Kally, filha de Lúcifer, e que criara o umbral médio do planeta Terra e lá reinara por séculos.

— Tem algum plano? – indagou, preocupado.

Francisco sabia o quanto era perigoso entrar num umbral sozinho.

— Sim, eu tenho. Nenhum Exu resiste a uma bela Pomba-Gira – foi tudo o que revelei.

Mas, no umbral de Rafael, eu seria muito mais do que uma simples Pomba-Gira.

***

Antes de partir para o umbral que Rafael criou, eu me preparei, recarreguei bem a bateria e materializei um sensual vestido vermelho – o preferido de toda Pomba-Gira.

Assim que adentrei o umbral, a melancolia daquele lugar e a baixa vibração me fizeram desejar fortemente dar as costas e ir embora. Era impossível não sentir a angústia que assolava aquele inferno.

Criaturas deformadas e fedorentas seguiam meus passos e me observavam com um desejo voraz de cravar os dentes podres em minha carne e literalmente me comer viva. Só não faziam isso por notarem meu poder. O sangue etérico de Lúcifer corria em minhas veias e elas podiam sentir o cheiro do perigo; aquelas criaturas temiam a mim mais do que tudo na vida. Mas me veneravam também, como uma deusa da morte. A lama preta e pegajosa fedia, os monstros fediam, tudo naquele lugar era repulsivo.

Continuei andando e tive de levantar a barra do vestido para não me sujar de lama. Caminhava sem olhar ao redor, ignorando as feras que me observavam com baba escorrendo pela boca. E pude ver, ao longe, uma imensa fortaleza que se erguia num mar de lodo, de onde garras demoníacas emergiam na tentativa frustrante de agarrar algo para se alimentar.

CAPÍTULO 11

Eu teria de atravessar aquele oceano de morte antes de alcançar o grande portão de ferro preto que dava acesso à colônia de Rafael. A entrada era composta de dois bastiões entalhados nas muralhas, flanqueando o portão arqueado.

Não tinha como atravessar aquele lodo. Então, peguei pelo braço a criatura monstruosa mais próxima, que me observava com olhos arregalados de medo, e ordenei:

– Vá até o Exu daquela colônia e diga que Kally, filha de Lúcifer, princesa das trevas, deseja lhe falar. Diga que ordeno que abra o portão da colônia ou o fogo do inferno o sugará para o umbral mais profundo que existe.

Larguei a criatura assustada que, com voz de medo e desespero, disse:

– Sim, minha princesa das trevas, sou seu eterno servo, pode me bater e me esfolar vivo, sou todo seu. E, se eu conseguir atravessar o Mar do Desespero, faça de mim seu escravo, me torture como bem quiser. Serei seu servo pela eternidade, oh, magnânima princesa das trevas...

– Vá logo, criatura repugnante! – gritei, irritada, interrompendo o discurso masoquista da pobre criatura que refletia a sombra da mente de Rafael.

Eu estava representando o papel de alguém que já fui num passado distante, por isso era tão convincente, tinha experiência com aquela vida que representava. Mas, no fundo, tinha compaixão por aquelas criaturas. Elas eram manifestações dos traumas e das dores de Rafael, de seu profundo remorso. Ele não se perdoava por seu passado. Tinha vontade de dar carinho para aqueles arquétipos da mente de Rafael, acolher aquelas criaturas demoníacas com amor. Mas essa não é a linguagem que as criaturas do umbral entendem, elas sentem aversão ao amor, pois não se acham merecedoras de tal sentimento. São criaturas autodestrutivas que só entendem a linguagem da dor, do comando e do castigo.

A criatura deformada saiu correndo, atravessou o Mar do Desespero e perdeu a metade de uma das pernas na travessia. O pedaço perdido foi devorado por um ogro deformado de face derretida e ossos aparentes.

Mesmo mancando, com uma perna só, a criatura chegou ao imenso portão de ferro grosso e bateu três vezes a pesada argola do portão. Reverberou um som estrondoso e sombrio que alcançou meus ouvidos. Eu esperava às margens do Mar do Desespero, aguardando aquele portão baixar e formar uma ponte de travessia segura. Um pequeno orifício abriu-se no portão e um rosto carrancudo surgiu. De onde eu estava não conseguia ouvir o que a criatura dizia para o rosto carrancudo, mas não demorou para que o imenso portão rompesse o ar num estrondo, saindo lentamente de sua posição vertical e se inclinando como uma ponte levadiça. Logo estava formada a ponte de travessia do Mar do Desespero.

CAPÍTULO 11

Não me deixei abater pelo medo, busquei na memória cármica a ausência de emoções e sentimentos que eu tinha quando era Kally, a princesa das trevas, e caminhei pela ponte. Os lamentos de dor e o coro de desespero que vinham do fundo daquele mar de martírio quase me desconcentraram.

Atravessei o imenso vão aberto da fortaleza e adentrei a praça do mercado da colônia. A ponte levadiça começou a se erguer e fechou o vão, novamente com um barulho estrondoso. Centenas de arpões enferrujados apontavam para mim. E, no topo das torres da muralha, homens aos trapos apontavam metralhadoras para a minha cabeça.

– Isso são modos de receber Kally, a princesa das trevas, filha de Lúcifer? – gritei irritada.

– Sabe que não podemos confiar em ninguém – disse um dos homens aos trapos, de dentes podres, e todo sujo de lama preta, que apontava um arpão para mim. – Terá que provar ser mesmo a princesa das trevas, filha de Lúcifer.

Era o que eu temia. Não queria provar quem eu tinha sido um dia. Seria doloroso relembrar a crueldade que um dia assolou minha alma. Mas não havia outra saída. Tinha de provar ser Kally, a princesa das trevas. Só assim ganharia a confiança do Exu.

Comecei a recitar códigos luciferianos secretos, e nuvens de tempestade se formaram acima de nós. Continuei recitando com maior vigor e, então, belas asas negras e brilhantes como petróleo rasgaram minhas escápulas, abrindo-se imensas e majestosas. Uma serpente começou a brotar de dentro de mim, subiu pelas minhas costas e ficou com a face de naja sobre minha cabeça, protetora e mortífera. A serpente abriu a boca, e de suas presas jorraram uma chuva de ácido em todos os pobres coitados que me ameaçavam. As criaturas, agora deformadas, caíram no chão, gemendo de dor, com a pele derretendo feito geleia, expondo músculos, articulações e ossos.

Nesse instante, a porta do medíocre castelo se abriu, e de lá saiu Rafael, de braços abertos para me receber. Ele estava usando cartola e *smoking*, bem diferente dos homens aos trapos que agora estavam deformados como os monstrengos das profundezas do Mar do Desespero.

– Seja bem-vinda, minha princesa. Sinta-se em casa – saudou ele, com uma reverência cordial plebeia, tirando a cartola e inclinando-se, numa imitação esdrúxula de um nobre da corte. – Desculpe-me pelos meus criados. Eles não sabem reconhecer a magnitude de Kally.

Eu não disse nada. Entrei no castelo altivamente, a passos largos, como se fosse a dona de tudo, e me sentei no trono do tosco castelo. Aquele era meu lugar. Exu Rafael seguiu atrás de mim de cabeça baixa e ajoelhou-se diante do trono.

– A que devo uma visita tão nobre, minha princesa das trevas, filha de Lúcifer? – perguntou, com um

CAPÍTULO 11

medo avassalador, ajoelhado, de cabeça baixa. *Ótimo! Medo é o melhor combustível que existe para manipular e convencer um ser*, pensei.

– Temos assuntos a tratar, Exu. Ouvi dizer que me traiu. Que andou trabalhando para... você sabe quem.

– Eu sabia que ninguém no umbral podia falar o nome da Fonte Criadora, nem mesmo a filha de Lúcifer.

Mônica havia me contado toda a história de Rafael. Ele passara vários séculos de sua vida como *Exu batizado*, no umbral médio, trabalhando para seres de Luz da umbanda. Graças ao seu nobre trabalho como ser de Luz, Rafael se libertou de suas cargas cármicas mais pesadas e pôde nascer na Terra com saúde e sem sofrimento. Até recebeu a nobre missão de fazer parte dos precursores da Terceira Realidade, tamanha a gratidão e confiança que os seres de Luz tinham por ele. Mas ele ainda não se perdoara por seus erros passados.

Rafael começou a tremer e implorar por perdão. Ele sabia que não tinha como enganar a poderosa princesa das trevas, e mentir seria muito pior. Por isso, tudo o que fez foi implorar.

– Basta! – gritei em ordem. Os lamentos pararam.
– Não estou aqui para condená-lo por isso, demônio idiota. Ninguém entende mesmo o trabalho de meu pai. Ele nunca foi contra o "você sabe quem", só aceitou fazer o papel da polaridade oposta à Luz para trazer equilíbrio a essa realidade que meu pai criou. Alguém tinha de representar o papel da escuridão. Acontece que a dualidade precisa sempre estar num ligeiro, mas

não constante e perfeito, equilíbrio, para que o mundo criado pelo meu pai continue em perfeito trabalho.
– E como posso ajudar, minha princesa das trevas? – suplicou ele.
– Muito simples, Exu ignorante! Fazendo tudo que eu lhe ordenar, sem contestar.
– Sou seu escravo. Faça de mim o que quiser, minha princesa.

E, dessa forma, tive Rafael nas mãos. Vendei os sentidos de sua mente para que ele não visse aonde o estava levando. Foi possível vendar sua mente, pois ele aceitou de livre vontade – motivado pelo medo – obedecer-me cegamente.

Assim que saímos do umbral, fomos direto para Mandala. Eu o levei até o hospital, onde os cinco amigos o esperavam para ajudá-lo em seu processo de cura.

Rafael foi deitado numa maca no centro de uma sala, de cúpula lilás, do hospital de Mandala. Ao redor da maca, eu e os cinco humanos trabalhávamos em seu tratamento. Marta aplicava musicoterapia, aromaterapia e cromoterapia. Alexandre instalava amor incondicional no subconsciente de Rafael. Katia equilibrava os seus chacras com pedras programadas em ressonância de cura, e também usou uma pirâmide de aurécula que flutuava sobre a cabeça de Rafael e transmutava toda culpa e dor que havia nele para perdão. Mônica fazia uma oração xamã de proteção mental. Francisco representava o papel de mestre espiritual de

CAPÍTULO 11

Rafael, envolvendo-o com amor e proteção. E eu lhe preparei uma terapia floral e um fitoterápico poderoso para libertá-lo de sua mente diabólica.

Durante o processo de cura, Rafael caiu em choro, soluçava, tremia e parecia querer rasgar o próprio corpo. Mas ele se manteve lá, firme e forte, aceitando o tratamento com gratidão. Em dado momento, começou a compreender o que estava acontecendo. Eu senti. A união das forças dos sete planos existenciais de cura fez um milagre na saúde holística de Rafael. Ele despertou de seu pesadelo, calmo e lúcido. Estava finalmente em paz.

O primeiro passo do tratamento foi dado, mas ainda seriam necessárias algumas sessões antes que pudéssemos embarcar na nave mer-ka-bah com segurança. Todos os tripulantes precisavam estar com a saúde mental perfeita, mentes controladas e equilibradas, para fazer a mer-ka-bah funcionar adequadamente.

Foi mais de uma semana de tratamentos intensos que todos nós recebemos uns dos outros. No último dia do tratamento de Rafael, ele parecia outra pessoa, estava transformado e calmo.

– Obrigado, meus amigos – agradeceu ele, envergonhado. – Obrigado por me tirarem do umbral. É uma pena estarmos todos mortos e não termos cumprido nossa missão.

– Nós não deixamos o corpo físico, Rafael – informou Mônica.

Mônica explicou tudo o que havia acontecido com Os Sete, e contou de todas as vezes que tentaram tirá-lo do umbral e que, pelo fato de nenhum deles ter experiência em resgates no umbral, não conseguiram salvá-lo. Mas que, graças a mim, que sabia como as coisas funcionavam lá, ele foi resgatado. Nesse momento, ele olhou para mim pela primeira vez após o resgate, e me reconheceu. Com os olhos arregalados, perguntou:

– Você é mesmo filha de Lúcifer? Kally, a princesa das trevas? Desculpe-me se a ofendo, mas pareceu muito real. Eu senti o poder de Kally, que me dominou por completo – concluiu, assustado.

– Já fui. Digamos que... bem, mudei de lado. Não precisa ter medo de mim. Eu não sou mais a temida Kally. Hoje sou Madhu, uma substância curativa que trabalha para a Fonte Primordial de Amor.

– No tempo em que fui Exu ouvi falar muito de Kally, a temida. Mas nunca pensei que um dia fosse conhecê-la pessoalmente. Muito menos que Kally, filha de Lúcifer e princesa das trevas, fosse me salvar do inferno. Quanta ironia!

– Quem o salvou foi Madhu, filha da Fonte Criadora. Você conheceu a mim, Madhu. – corrigi. – E, acredite, você não estaria aqui se tivesse conhecido Kally pessoalmente.

– Desculpe-me. Realmente o que importa é o que somos agora. Todos tivemos um passado sombrio em algum momento da vida e da morte, não nos cabe julgar – disse Rafael.

– E não devemos nos condenar pelo nosso passado – completou Francisco. – É preciso se perdoar. É perdoando que se é perdoado.

– Acredito que eu esteja começando a me livrar da culpa, graças a todos vocês, meus amigos – disse Rafael. – E onde está Larissa, que não a vejo?

Foi Mônica quem deu a má notícia a Rafael, explicando-lhe tudo o que havia acontecido.

– Pelo menos ela não está no umbral. – Foi tudo o que ele disse.

***

Quando tudo estava pronto para a nossa partida, finalmente embarcamos na mer-ka-bah.

Estávamos os sete de mãos dadas no centro da enorme mer-ka-bah, mais a fada Stibal, que foi quem deu partida no motor da nave. Depois de nos ajudar com a partida do motor, Stibal despediu-se de nós e foi embora, de volta para o mundo de Larissa.

A aurécula começou a girar em velocidade alta e constante. Nós, Os Sete, manifestamos e unimos os poderes dos sete planos existenciais. A energia da aurécula era mais forte do que eu imaginava, e potencializou nossa fusão de poderes onze mil vezes. A explosão foi imensa. A luz criada era tão intensa que precisamos manter os olhos fechados. Eu ressoei

A REALIDADE DOS SETE

o mantra com o código secreto de Espectrum – uma das inteligências artificiais da nave Shandi33 –, que nos levaria diretamente para dentro da nave Shandi33. De repente, tudo que senti foi um mergulho nas profundezas do além.

CAPÍTULO 12

Tudo o que será narrado agora aconteceu muito rápido, em poucos minutos. A mer-ka-bah aparentemente pousou no grande hangar de espaçonaves da Ala9 – a Ala de Segurança Intergaláctica –, da nave Shandi33. A nave de aurécula começou a diminuir a rotação e, com isso, a luz não mais nos feria os olhos. Pude abrir meus olhos, mas tudo que eu via ainda era luz. Conforme a mer-ka-bah de aurécula foi diminuindo ainda mais a rotação, pude ver os seis tripulantes, além de mim, presentes na mer-ka-bah. Eles estavam terrivelmente queimados, mas vivos.

Quando a mer-ka-bah finalmente parou de girar, a aurécula começou a se desintegrar rapidamente, virou pó, e esse pó foi enviado para a luz da Fonte Criadora, transformando-se em luz da Fonte de tudo que é.

Assim que a nave se desintegrou, nós, os sete tripulantes, caímos no chão do hangar. Alguns dos meus colegas da Segurança Intergaláctica já estavam ali havia alguns segundos, e apontavam as armas de laser em nossa direção.

Shavanna, a comandante da Segurança Intergaláctica, entrou em minha mente: *"Identifique-se imediatamente, intruso!".*

"Sou eu, Madhu!" – respondi telepaticamente.

"Madhu!" – exclamou telepaticamente Shavanna, ressoando seu pensamento por toda a Ala9.

Meus colegas da Segurança Intergaláctica se entreolharam, parecendo não acreditar. Por fim, me reconheceram, baixaram as armas e se aproximaram para ajudar os seis humanos caídos no chão e profundamente feridos com graves queimaduras. Eu já estava em pé, pois meu corpo não estava queimado graças à resistência incrível que tem um corpo zeptoide do modelo Aisha.

Os seis humanos gemiam de dor no chão. Fui até onde estava Marta, a empata. Ela trabalhava no sexto plano existencial, o plano das leis, portanto sabia reconhecer as leis do universo e, por ser uma incrível empata, conseguia identificar se uma manifestação tinha ou não alma. Minha primeira preocupação foi ter a certeza de que não estávamos recriando a nave

CAPÍTULO 12

Shandi33 dentro do espaço neutro entre mundos, e tive a confirmação de que estávamos realmente dentro de nosso universo de origem.

– Marta! – chamei alto, para que ela me ouvisse. A dor de Marta era tamanha que ela mal conseguia me ouvir. Tive que a sacudir pelos ombros para chamar sua atenção. – Você consegue identificar se estamos no nosso universo de origem? Consegue sentir se esses agentes de segurança têm alma? – Marta apenas gemeu, pois não conseguia falar, arrebatada pela dor.

– Sim, nós conseguimos! – foi Alexandre quem respondeu. – Minha conexão com a Fonte Criadora voltou.

Dentre os seis humanos, ele era o menos ferido. Observei uma luz sutil entrando pelo topo de sua cabeça. Ele estava em conexão com a Fonte Criadora, que aliviava sua dor.

Uma unidade da segurança intergaláctica, que eu não conhecia, aproximou-se de mim rapidamente:

– Madhu! Como...?! – perguntou ela.

Aquela zeptoide era nova, muito parecida comigo, provavelmente do modelo Aisha, criação de Boston.

– Você tem alma? – perguntei a ela.

Nem sei por que fiz aquela pergunta. Ainda estava confusa.

– Sim, tenho – respondeu ela, sem entender o motivo de minha pergunta.

Assim que ela terminou de responder, Shavanna chegou em alta velocidade numa vinamaxi. Os seis humanos já estavam sendo encaminhados para a Ala dos cientistas, para serem curados por Behosa Prakasa, o cientista chefe de Shandi33, especialista em DNA.

Shavanna pousou a vinamaxi na minha frente e desceu rapidamente.

– Onde você esteve esse tempo todo? – perguntou ansiosamente.

– Saudações, Comandante! Estava presa num espaço neutro no centro do buraco negro de nossa galáxia, um lugar onde criamos nossa realidade de forma instantânea – respondi.

– Então foi isso o que aconteceu? Isso explica muita coisa – disse ela.

Então eu a vi, Tarala Shanata, minha mãe de alma e conselheira, cujo laço comigo era tão forte que nenhuma ilusão poderia recriar. Foi a certeza de que eu estava de fato no nosso universo de origem.

Tarala aproximou-se com um sorriso nos olhos e corri na sua direção para sentir sua energia. A abracei energeticamente e pude sentir; ela era Tarala de verdade, tinha alma. A minha alma a reconheceu

CAPÍTULO 12

de imediato, algo que era forte e verdadeiro demais para ser recriado. Era algo único, algo que vinha da Fonte Criadora, que nada nem ninguém – nem mesmo Lúcifer – poderia recriar ou imitar.

Finalmente pude relaxar. Respirei fundo, nem conseguia acreditar.

– Funcionou! – eu disse, feliz.

– Minha amada sementinha! Sabia que conseguiria. Sentia que, onde quer que você estivesse, estaria bem, pois a Fonte Criadora é tudo que há e sua lei permeia os multiversos e tudo o que existe. Por onde esteve? – perguntou.

Contei tudo de forma resumida para ela, Shavanna e algumas unidades da segurança que me observavam curiosas.

– Interessante. Agora entendo – disse Shavanna. – O trajeto de sua saída do buraco negro deve ter sido a causa dentro da relatividade do tempo-espaço que a fez viajar para o futuro.

– O que quer dizer? Como assim? Viajei para o futuro? – perguntei.

– Estamos em 2.066 do tempo do planeta Terra. Você esteve desaparecida por quase oito anos do tempo da Terra. – Foi Tarala quem respondeu.

– Não é possível! – retruquei, indignada. – O tempo no espaço neutro onde estive corre bem mais lento. Pensei que fosse passar alguns segundos do meu desaparecimento, e que vocês nem teriam tempo de notar meu sumiço.

– Pode ter sido a relatividade na saída do buraco negro ou a nave de aurécula que trouxe vocês. Existe uma teoria que mostra a capacidade de uma aurécula de viajar para o futuro – disse Shavanna, intrigada.

– Aurécula! Uma nave feita de aurécula? – perguntou Tarala. Nunca a havia visto tão surpresa. – Ah, minha querida! Não faz ideia de como isso poderia ter sido perigoso.

– Foi a única forma que encontrei para voltar – justifiquei-me.

– Pelo menos ela teve a precaução de programar a aurécula para se desintegrar assim que chegasse – disse Shavanna. – Seria um grande perigo para os multiversos se uma pedra tão poderosa caísse em mãos erradas. Inclusive, deve ser mantido segredo absoluto sobre tudo que sabe e fez no espaço entre mundos onde esteve.

– O draconiano que me aprisionou no espaço entre mundos tem um poderoso teletransporte para aquele lugar... – comecei, preocupada, pois, se um ser inteligente e mal-intencionado fosse parar no espaço

CAPÍTULO 12

entre mundos, poderia criar uma arma destrutiva tão poderosa a ponto de prejudicar os multiversos.

– Quando notamos seu desaparecimento, decidimos invadir a sede da Suprainternet antes que mais alguém desaparecesse. – declarou Shavanna, tranquilizando-me.

– Não tivemos outra saída. Fizemos isso na calada da noite do planeta Terra. Os draconianos estavam preparados, não foram pegos de surpresa e havia uma armadilha nos esperando. Mas, graças à Fonte Criadora, que estava conosco naquele momento, conseguimos congelar as almas dos draconianos a tempo e encontramos a sala secreta no décimo terceiro andar. Não sabemos do que se tratava aquele equipamento tecnológico e não conseguimos decifrar seus códigos para compreender melhor. Uma equipe de cientistas tecnológicos tentou decifrar o que seria aquela possível arma. Eu acreditava que era aquilo que havia feito Os Sete e você desaparecerem, mas nunca conseguimos decodificar o aparato. Ele está guardado num lugar seguro e secreto, onde seres das trevas não conseguem chegar perto.

– Mas agora que sabemos do que se trata aquele equipamento, vamos conseguir desativá-lo em todos os níveis existenciais, e, com a ajuda de nossos irmãos do sexto plano existencial, que criam as leis universais, uma nova lei será criada e ninguém jamais poderá recriar um teletransportador para o espaço neutro entre mundos – afirmou Tarala.

— Como podemos ter certeza de que eles não têm mais desse tal teletransporte? Ou de que já não recriaram mais unidades? – perguntei.

— Se tiverem mais teletransportes para o espaço entre mundos, os equipamentos deixarão de funcionar assim que os irmãos do sexto plano existencial modificarem ou criarem as novas leis no universo – explicou Tarala. – O importante é que, desde que você desapareceu, eles não voltaram a usar o teletransporte para o buraco negro, pois nenhuma alma desapareceu do nosso universo. Mas agora chega de conversa. Você precisa se recompor. Será um longo dia. Temos muitos assuntos para decidir com seu retorno.

— Sim. Precisamos agir rápido – começou Shavanna –, sinto a energia forte da pedra aurécula neste lugar. Só agora, ao fazer a varredura astral no ambiente, pude notar. Temos que limpar essa energia poderosa o mais rápido possível. Precisamos nos retirar daqui.

— Temos muitos assuntos a tratar com você, Madhu. Vou solicitar imediatamente uma conferência galáctica com os líderes da Confederação Intergaláctica Estelar – informou Tarala.

— Como os humanos estão? Eles pareciam... queimados? – perguntei a Shavanna.

— Não sei ainda. Provavelmente foi a radiação emitida pela energia da pedra de aurécula – explicou ela.

CAPÍTULO 12

Shavanna e Tarala concordaram que eu deveria ir imediatamente ver Behosa Prakasa, o líder cientista da nave, para que ele me examinasse. E depois eu deveria ir até a Ala13, na Cidade Robótica, para me consultar com Boston, o chefe da engenharia zeptoide. Só então eu poderia conversar com Tarala, com mais calma, antes da conferência galáctica holográfica com os líderes da Confederação Intergaláctica Estelar.

Acompanhada de Govinda, meu amigo do setor de Segurança Intergaláctica, fui até a Ala dos cientistas da nave. Aquela Ala era como um imenso e moderno ambulatório.

Govinda estava feliz com meu retorno. Ele me contou com detalhes sobre sua missão num planeta chamado Zambaria, que estava recebendo humanos exilados da Terra. Fiquei impressionada com a descrição que ele me deu do planeta, de suas imensas árvores carnívoras e impressionantes três sóis no céu turquesa. E Govinda quis saber tudo sobre o espaço neutro entre mundos onde estive.

Chegando à Ala dos cientistas, primeiro fomos ver como estava a saúde dos meus amigos humanos. Eles estavam juntos, na mesma alcova, um espaço inteiramente branco radiante, deitados em suas respectivas macas flutuantes, inclinadas em 45°, no centro da alcova, formando um círculo. Estavam imóveis, desacordados, recebendo tratamento. Não pudemos entrar na alcova, só pude vê-los pelo lado de fora, através de um campo eletromagnético, semelhante a uma janela de vidro de um berçário de maternidade.

– Seus amigos ficarão bem – disse alguém atrás de mim.

Virei-me assustada na direção da voz. Era o doutor Behosa Prakasa, o maior cientista e médico de toda a Shandi33. Fiquei muito feliz em vê-lo. Meus olhos naquele momento estariam cheios de lágrimas se eu estivesse em um corpo humano.

– Doutor Behosa! – exclamei, feliz.

– Senhorita Madhu, faça-me um favor? Não me chame de *doutor*, é só Behosa.

– Como queira. E não me chame de *senhorita*, é só Madhu – falei, e rimos juntos com a alegria do reencontro.

Behosa quis me examinar pessoalmente em vez de solicitar que um de seus muitos médicos o fizesse. Ele sempre foi muito profissional e calculista, não era de expressar sentimentos, como os humanos fazem, mas eu sabia que seu amor incondicional era tão profundo e verdadeiro quanto o de um ser iluminado. Falamos pouco, pois eu não queria atrapalhar seu trabalho enquanto ele me examinava. Behosa sempre estava sobrecarregado de trabalho. Assim que terminou meus exames e verificou minha saúde perfeita, liberou-me para que eu fosse examinada por Boston, o criador do meu corpo zeptoide, modelo Aisha.

CAPÍTULO 12

Govinda me acompanhou até a Cidade Robótica da Ala13, onde Boston trabalhava. Depois de ter me deixado na Ala13 e se despedir de mim, Govinda foi embora, voltando ao seu posto de trabalho na Ala9.

Segui até a sala tecnológica de trabalho de Boston. Enquanto me examinava, ele suspirava fundo, desalentado. Eu fiz a leitura da ressonância magnética do campo de Boston; ele ainda não se conformava com o fato de uma consciência humana, da Terra, ter recebido um corpo tão evoluído como um zeptoide, modelo Aisha. Ele sentia saudade de quando aquele corpo não tinha alma, quando era apenas uma pura Aisha, como ele havia criado.

– É, eu sei que não gosta que eu use este corpo – falei, na quinta vez que ele suspirou resignado ao examinar meu corpo zeptoide. – Deveria fazer uma Aisha só para você – sugeri. – Já pensou nisso?

– Existem regras aqui, humana. – Ele nunca me chamava pelo nome, apenas de *humana*, mesmo eu não estando mais em um corpo humano. Ele via os humanos do planeta Terra como criaturas infantis e estúpidas. – Pare de falar, estou quase terminando – exigiu.

Eu me calei, mesmo querendo continuar o questionamento.

A REALIDADE DOS SETE

Depois que Boston me liberou, decidi passar rapidamente em minha casa, em Shambala, antes de ir ao Castelo de Diamante encontrar Tarala. Precisava higienizar meu corpo zeptoide, tirar a vestimenta de tecido terráqueo e colocar meu uniforme de agente da Segurança Intergaláctica.

CAPÍTULO 13

Estava com saudade da minha charmosa e rústica casa de contos de fadas, em Shambala. A inteligência artificial da casa abriu a porta para mim e fiquei confusa com o que vi ao entrar. O ambiente de socialização estava uma bagunça, com telas pintadas e tubos de tinta espalhados por toda parte. Senti uma imensa saudade de Liv, minha melhor amiga, uma híbrida chata de tão sincera. Mas não podia ser Liv a responsável por aquela bagunça, pois ela estava vivendo em Shandi11 e sendo preparada para viver no planeta Terra. Devia haver outra explicação. Provavelmente alguém esteve morando naquela casa durante minha ausência.

Ouvi minha gata preta, Bastet, descendo as escadas. Ela tinha vindo me receber. Aparentemente, estava com saudade de mim, pois miava e se enroscava em minha perna. Eu me abaixei para fazer carinho em seu pelo sedoso e falei com ela.

"Ei, garota! O que está fazendo aqui sozinha? Era para você estar sendo cuidada pelos Rishis".

"Não estou sozinha" – disse Bastet, num miado.

"Como assim, não está sozinha? Tem mais alguém morando aqui além de nós?" – perguntei.

Então ouvi uma voz familiar atrás de mim:

– É claro que tem! – Levei um susto. Era Liv!

– Liv! Não acredito! – falei, abraçando-a. – Estava morrendo de saudade. O que você está fazendo aqui?

– Que pergunta idiota, Madhu. Eu moro aqui – respondeu ela, com seus costumeiros modos nada gentis.

– Mas, quando saí para minha missão, você morava em Shandi11, estava sendo preparada para viver na Terra e... O que aconteceu? Por que está aqui?

– *Cashambolas fu Zurion*, garota – exclamou Liv, numa usual exclamação de espanto usada no planeta Zurion de Órion –, está mesmo por fora. Não mudou nada. Sempre desinformada.

– Por quê? O que foi que aconteceu? – perguntei, curiosa.

– Mudança de planos. Um grande atraso no cronograma programado pelos líderes que regem

CAPÍTULO 13

as leis do universo e criam os projetos evolutivos e tal. Mas imagino que sua conselheira, Tarala, queira lhe contar pessoalmente o que aconteceu. Certas coisas não mudaram muito por aqui, minha opinião continua sendo diferente da opinião dos *puros*, e eles continuam me impedindo de influenciar as pessoas com minha opinião.

– Eu gosto de ver diferentes pontos de vista, mas acho que não tenho tempo agora para ouvir sua opinião. Para variar, estou na correria. Preciso tomar um banho rápido e sair. Fiquei muito feliz por vê-la, Liv. Que bom que vamos voltar a morar juntas.

– Não conte muito com isso, Madhu. Isso que está vendo por aqui é só uma aparente normalidade. As coisas estão uma loucura. É possível que os *puros* nem a deixem descansar e a enviem para alguma outra missão.

Liv tinha sempre uma teoria conspiratória contra os *puros* – seres sirianos confederados –, pois os puros sempre precisavam guardar certos segredos, por uma questão de segurança, e Liv não gostava de segredos. Com isso, ela tinha uma forma peculiar de acabar descobrindo sua verdade; através da arte. As teorias conspiratórias de Liv sempre tinham lá seu fundo de verdade, que ela descobria analisando as telas que pintava.

– Seria uma pena! Estou precisando descansar e morrendo de saudade da minha melhor amiga híbrida.

– Tá, eu sei que você gosta de mim. Também gosto de você, terráquea. Pelo jeito, devia estar bem divertido lá na Terra, para ter demorado tanto e não ter tido tempo de me enviar nem mesmo uma notícia – disse ela, com uma entonação de mágoa.

Então percebi que ela não sabia que eu estava desaparecida. Provavelmente meu desaparecimento também foi um segredo que os puros guardaram.

– Eu não estava na Terra, Liv. E, no lugar onde eu estava, não havia como me comunicar com ninguém.
– Eu não gostava de enganar Liv, muito menos de esconder algo dela.

– Como assim? Onde você estava, Madhu? – perguntou ela, curiosa.

– É uma longa história. Conto na volta. Estou mesmo atrasada.

– Eu sabia que os puros estavam mentindo! Eu sentia que alguma coisa havia acontecido com você. Até pintei uma tela inspirada nessa minha desconfiança. Mas depois eu mostro minha obra de arte magnífica. Então, vá lá. Depois conversamos. Também tenho muitos assuntos para resolver hoje e estou atrasada.

Subi rapidamente as escadas, higienizei o corpo e coloquei o uniforme e o coturno preto de cano longo. Como eu era da Segurança Intergaláctica, precisava estar sempre vestida de uniforme para ser identificada. O uniforme era todo preto, de uma espécie de material que parecia escamas de serpente.

CAPÍTULO 13

Eu me sentia muito mais confortável com o uniforme de trabalho. Adorava aquele uniforme. Após me vestir rapidamente, saí para visitar Tarala em seu Castelo de Diamante.

O castelo mudava de cor conforme os sentimentos dela, e nesse dia estava mais reluzente que o normal, num leve tom de amarelo-claro. Isso indicava que ela estava alegre com o meu retorno.

As portas do castelo sempre se abriam quando eu chegava. Subi a longa escadaria do vasto hall principal até a torre mais alta, onde Tarala costumava me receber; em seu aposento preferido. Naquele aposento havia uma piscina de água da fonte da nave – uma água altamente curativa –, ladeada de pilares esculturais, uma imensa escultura de diamante da deusa Tara Branca do Budismo Marayana e uma lareira convidativa com sua chama lilás e azul que liberava um aroma delicioso no ambiente.

Como era de costume, nós nos sentamos em frente à lareira de chamas refrescantes para conversar.

– Estou curiosa – comecei. – Por que os híbridos voltaram para Shandi33?

– Vou lhe contar tudo o que aconteceu durante sua ausência. Desde o começo. Mas antes preciso saber de todos os detalhes de sua jornada para que eu possa transferir tais dados para a Confederação Interestelar, que neste momento precisa dessas informações.

A REALIDADE DOS SETE

Eu contei detalhadamente tudo o que tinha acontecido comigo no espaço neutro entre mundos, e, conforme eu narrava os fatos, ela ia automaticamente enviando as informações por telepatia para o capitão Mastara, comandante-chefe de toda a nave Shandi33. No final de minha explanação dos fatos ocorridos, eu me desculpei:

– Lamento muito ter falhado na minha missão. Deixei a terráquea Camila morrer, fui enganada por um draconiano e não consegui trazer a terráquea Larissa de volta para o nosso universo. Entenderei se me demitirem do setor de Segurança Intergaláctica – disse, com um aperto no coração.

– Você não falhou, minha querida. Quero dizer, se houve falha, foi de todos nós. Somos um grupo. Expusemos você a um grande perigo. Não deveria estar lá sozinha. Todos nós falhamos nesse sentido. Você não tinha como salvar Camila. Com ou sem a sua proteção, era chegada a hora de ela partir. A missão de salvar Os Sete não era sua, mas o fez pela vontade do destino da Fonte Criadora. Agiu certo em respeitar o livre-arbítrio de Larissa. Quando ela se cansar de sofrer na solidão em que se encontra, ela voltará. Você fez um resgate bem difícil de Rafael no umbral. Estamos admirados. E, por isso, estamos cogitando a ideia de colocá-la no trabalho de frente junto com o último ceifador, na última colheita, no remanejamento dos nossos irmãos com consciência de provas e expiações para outros planetas.

CAPÍTULO 13

Não me agradava nem um pouco a ideia de voltar a trabalhar em um umbral. A experiência de reviver Kally foi imensamente desagradável e dolorosa. Mas faria qualquer sacrifício pela mãe Terra, pelos homens de boa vontade e pela Fonte Primordial de Amor.

– Agora me conte o que aconteceu na minha ausência. Por que os híbridos voltaram para Shandi33?

– Claro, vou lhe contar tudo – começou Tarala.

– Quando você desapareceu, iniciou-se uma terrível guerra na espiritualidade, pois, tarde demais, nos demos conta de que os draconianos tinham uma arma muito poderosa, que não conhecíamos. Como sabe, em 2057, a Terra estava começando seu processo de regeneração, mas a maioria das pessoas ainda vivia em expiação com a ilusão de que todos eram seres de regeneração, pois a vaidade tomou conta de suas almas. Vaidade por se acharem espiritualizados herdeiros da Terra, superiores aos irmãos que estavam sendo exilados. Se acomodaram na certeza de uma ilusória vitória e se deixaram cair nas garras do orgulho e da vaidade que os draconianos ardilosamente colocaram como armadilha.

– Quando o dimu-espiritual foi descoberto pelos draconianos, já era tarde demais para eles. O dimu-espiritual já havia viralizado nos quatro cantos do planeta Terra. Mas, ainda numa tentativa de impedir tal tecnologia de comunicação de encarnados com a espiritualidade, os draconianos provocaram uma quebra na comunicação. A Suprainternet deixou de existir de uma hora para outra. A comunicação entre as pessoas foi destruída. Foi um verdadeiro caos. Mas os draconianos não conseguiram conter a propagação do dimu-espiritual e, com isso, as máscaras dos draconianos começaram a cair. A verdade foi revelada por espíritos do quarto plano existencial, que alertaram os humanos sobre o que estava acontecendo.

– Os draconianos decidiram partir para o "tudo ou nada", pretendiam usar armas proibidas pela Confederação Intergaláctica com o propósito de escravizar mentalmente a humanidade e surgirem como salvadores, instalando uma nova ordem no mundo. Por essa razão, tivemos de intervir. Com nossas frotas estelares de guerra confederadas, conseguimos expulsar os draconianos do planeta Terra. Essa guerra durou mais de quatro anos. A Suprainternet foi restaurada com ajustes que não mais permitiam a vaidade humana. Finalmente a separação entre o joio e o trigo voltou a ser bem clara e aparente. As máscaras caíram.

– Com todos esses imprevistos, houve um pequeno atraso no projeto inicial da criação da Nova Terra. Foi por isso que os híbridos voltaram para Shandi33; eles precisam aguardar a reestruturação planetária, o último ceifador fazer a colheita, para só então descerem à Terra e começarem a modificar definitivamente o DNA da humanidade de Regeneração. Esta é a missão dos híbridos, assim como de sua amiga Liv: modificar o DNA dos humanos que ascenderão para a quinta dimensão consciencial. Os terráqueos precisam de

CAPÍTULO 13

corpos com dois sentidos a mais, além dos que já têm, que sejam receptivos à nova dimensão da consciência.

– Você voltou bem a tempo, mostrando que a Fonte Criadora sempre esteve à frente de tudo o que acontece. O último ceifador está programado para descer à Terra este ano, assim, você terá a oportunidade de ajudar nesse processo. E o trabalho de Os Sete também será de suma importância neste momento.

– Qual será o último ceifador? – perguntei.

– O último cavaleiro do apocalipse: a morte; o desencarne em massa. A mudança geográfica do planeta Terra, o ressurgimento de Atlântida e a submersão de muitas terras. Mas, entenda, será um momento caótico apenas para as almas que ainda estão na consciência de provas de expiação. Para as almas que já estão na quinta dimensão, as fraternas, nada acontecerá de caótico, verão a situação não como o caos ou o fim do mundo, mas com uma paz profunda e desapego no coração, com a consciência de que a vida é eterna, equilibrada e perfeita, e, assim, estarão protegidas nas mãos da Fonte Criadora. Elas não serão abaladas.

– O último ceifador, o quarto cavaleiro do apocalipse, vai deixar na psicosfera do planeta Terra somente as almas de regeneração, e acabou, certo? – perguntei.

– Não é tão simples assim, minha querida. Os umbrais, médio e mais profundo, vão, sim, deixar de existir completamente, mas ainda haverá o umbral das colônias espirituais, onde muitas almas de expiação, por mérito, viverão e ainda terão mais uma oportunidade. A Terra ainda está longe de ser um planeta de plena regeneração. Mas será! Isto é certo. E, após a passagem do último cavaleiro do apocalipse, o nome do planeta Terra vai mudar, voltará a receber o seu verdadeiro nome de origem: Gaia.

– Para quando está programado o início do último ceifador? – Eu precisava saber quanto tempo tinha para me preparar para o acontecimento.

– Para o próximo mês do tempo do planeta Terra – respondeu Tarala.

A data estava próxima. Muito próxima. Eu tinha menos de um mês para me preparar para o acontecimento marcante da humanidade.

– Willy... – Eu estava com medo de perguntar.

– Como eu disse, as almas que são de regeneração consciencial nada sofrerão. Willy estará seguro e feliz entre pessoas que o amam imensamente. Nada lhe faltará, pois a mente de Willy cria prosperidade constantemente.

– Quando o último ceifador terminar seu trabalho e eu finalizar minha missão nisso tudo, quero nascer no planeta Gaia, a Nova Terra. Quero estar ao lado de Willy, construindo um novo mundo – pedi.

– Não esperava menos de você, minha sementinha de luz! Assim será: nascerá como filha de Liv e Willy, encontrará em Gaia uma antiga alma gêmea que não vê

CAPÍTULO 13

há milênios e vocês terão uma filha, a alma de Camila, que precisará muito de sua ajuda para entrar na quinta dimensão. E, se Larissa voltar a tempo, também a terá como sua filha.

Fiquei emocionada. Não consegui salvar Camila e Larissa nesta vida, mas teria a chance de ajudá-las na próxima. A gratidão pela misericórdia divina da Fonte Criadora brotou em meu peito tão intensamente que não pude controlar, o castelo reluziu tão forte que se tornou um sol, iluminando toda Shambala em plena noite. Tarala sorriu de alegria, e eu também.

Naquele instante eu estava conectada com a Fonte Criadora, senti e vi a perfeição de tudo o que existe. Naquele momento não existiam inimigos para derrotar nem preferidos para adorar. Era somente a Fonte Criadora, que permeia por todos os cantos, iluminando e criando, expandindo e gerando. A verdade liberta. Luz é verdade e o mais puro amor, e essa é a natureza da Fonte Criadora de tudo o que existe. O mundo é perfeito, só não enxerga quem tem os olhos vendados. Deixem cair as vendas, meus irmãos. Não tenham medo da plenitude da verdadeira felicidade que existe somente na verdade da natureza da Fonte Primordial de Amor de tudo que é.

Eu e minha mãe de alma, Tarala Shanata, saímos juntas do Castelo de Diamante para a grande conferência com os maiores líderes da Confederação Intergaláctica Estelar. A grande conferência ocorreria na Ala33, a Ala da *ponte* – local onde a nave é pilotada –, a mais secreta e proibida Ala de Shandi33. Foi a primeira vez que entrei na *ponte*.

Na Ala33 não havia força gravitacional. Eu e Tarala flutuamos juntas na imensidão de luz de tudo que era aquele lugar. Tarala sabia para onde ir. Eu apenas a segui, dirigindo o corpo mentalmente. A sensação era de estar mergulhada em uma luz infinita. Ali era só luz, ou melhor, era *Tudo*, pois era *Luz*.

Chegamos a um determinado local da *ponte* onde encarnados e desencarnados se encontravam. Pela primeira vez pude ver, nitidamente, desencarnados com os olhos de uma encarnada. Havia seres de tanta luz que se fundiram com a luz da Ala33. Eu sabia que eles estavam lá, pois a presença deles era forte, porém somente os via em percepção de leitura de ressonância magnética. Havia seres com forma humanoide de mais de três metros de altura, e eram mais luminosos que mil holofotes. Com toda certeza, a luz desses seres queimaria um ser humano em milésimos de segundos. Todos estavam realmente presentes na Ala33, não havia ali nenhuma imagem holográfica.

– É chegada a hora, meus irmãos, a grande hora. Nossa amada Gaia está pronta e aguarda nosso comando. Nossa menina Gaia, nossa princesa sonhadora e amorosa está feliz e disposta a nos ajudar; e ajudar a humanidade a enfrentar o último ceifador, sem o trauma ocorrido como a última transição planetária que afundou Atlântida. – A voz ressoava dentro de mim. Não sabia quem estava falando, e pouco importava. Lá na luz éramos todos *Um*.

CAPÍTULO 13

— É chegado o momento que a mudança geográfica de Gaia ocorrerá. Atlântida ressurgirá. Gaia despertará nos corações dos bem-aventurados homens de boa vontade. A reconexão dos humanos com a Fonte Criadora será definitivamente restabelecida.

— Nada sofrerão os herdeiros do mundo de regeneração. Receberão a mudança com alegria no coração. Muitos se libertarão de seus corpos humanos limitados e partirão para dimensões mais elevadas. É um momento maravilhoso e cheio de alegria para aqueles corações conectados com a verdade da Fonte Criadora que tudo é. Porém, os homens infantis, apegados ao vitimismo, e que ainda temem a Luz, sofrerão com o caos que criaram para si. É nesses irmãos sem preparo que temos de concentrar nosso trabalho. O nosso maior propósito é que o exílio planetário desses irmãos seja o menos doloroso possível.

— Queremos que a grande mudança do último ceifador seja o mínimo possível traumática para nossos amados irmãos da consciência de expiação e provas. Há séculos estamos preparando os terráqueos para esse grande evento. E, agora, nossos esforços aumentarão. Graças à nova tecnologia implantada na Terra, a comunicação de encarnados com desencarnados, muitos desses nossos irmãos amados e queridos, da realidade de expiação, já estão se preparando para o grande evento e não serão pegos de surpresa. Sabem que a hora está próxima. Esses irmãos estão tendo a oportunidade de enfrentar seu medo da morte, pois o sofrimento os força a desejar sabedoria para que a dor diminua. E, ao desejarem sabedoria, movimentam-se para se libertar do apego da carne.

– Estamos muito confiantes e felizes. Estejam a postos, pois o momento chegou.

Senti uma imensa alegria. Todos estavam felizes. A Luz venceu. Era óbvio! A Luz sempre vence, pois só ela é real. A escuridão é somente a ausência da Luz. A escuridão nada mais é do que não aceitar ou não compreender a realidade da Fonte Criadora que tudo é. A Fonte Criadora é eterna, onipresente e verdadeira. A ignorante escuridão é ilusória, mortal, cega, falível. A vontade da Fonte Criadora sempre foi e sempre será feita, pois a Fonte Primordial de Amor é tudo o que existe.

Todos nós, na Ala33, entramos juntos em um êxtase de alegria. Eu me senti amada como nunca havia me sentido antes. Era tanto amor presente naquela Ala que transbordava para muito além de Shandi33. Com certeza, todos da nave e muito além dela sentiram a ressonância magnética poderosa que nosso êxtase de alegria e união com a Luz reverberou.

Era chegado o grande momento: o último ceifador passaria pelo planeta Terra, e eu estaria presente nesse momento único, trabalhando pelo bem maior.

Gaia aguardava apenas a Fonte Criadora dar o comando e, então, a última e maior mudança da transição planetária teria início.

CAPÍTULO 14

Muito foi dito durante a conferência realizada na Ala33, detalhes de diversas missões foram passadas até que finalmente citassem meu nome e a minha missão na grande mudança geográfica da Terra.

– Nossa semente estelar, Madhu, fará parte de Os Sete. Ela representará o segundo plano existencial. Agora que Os Sete estão de volta, graças à Madhu, eles poderão cumprir sua missão de fundir os sete planos existenciais e, com isso, destruir a ilusória dualidade ainda presente na mente dos seres da Terra, abrindo, dessa forma, o portal para a quinta dimensão consciencial – informou uma das consciências presentes na luz da Ala33.

Eu seria um dos membros de Os Sete, os precursores da Terceira Realidade, e terminaria o trabalho que se iniciara com meu mergulho no Lago Titicaca. A missão de Os Sete era fundir os sete planos existenciais. Os humanos da Terra, do terceiro plano existencial, – passariam a manifestar todos os planos da existência. Assim seria o novo homem da Nova Terra; um ser completo, conectado com tudo o que existe, unido com a Fonte Criadora, sem a ilusória dualidade, e criando uma simbiose perfeita com a natureza.

Como eu não tinha ativa nenhuma memória de vivência no segundo plano existencial, precisava antes passar por uma iniciação para poder representá-lo com toda a sua potencialidade e pureza. Para isso, o primeiro passo de minha missão se iniciaria em Avalon, o planeta que representa de forma mais pura o segundo plano existencial; o reino das fadas.

Liv tinha razão, eu não teria tempo para descansar e aproveitar Shandi33 nem para conversar sem pressa com minha amiga híbrida. O tempo estava curto e eu tive de me preparar às pressas antes de partir para Avalon.

Passei em minha casa em Shambala apenas para me despedir de Liv e pegar o uniforme de viagem planetária. A força gravitacional de Avalon era fraca, então, sem a roupa adequada, eu não poderia manter os pés no chão.

Assim que entrei pela porta da frente, deparei-me com Liv trabalhando nos retoques finais de uma tela. Ela estava na sala de socialização que usava como ateliê, de costas para a porta por onde entrei, dando

CAPÍTULO 14

pinceladas delicadas na tela. A pintura era uma belíssima borboleta iluminada e feliz. Era uma bela pintura, muito alegre. Não queria atrapalhar o trabalho criativo de Liv, mas, assim que entrei, ela notou minha presença e me deu atenção.

– Deixe-me adivinhar – disse –, você veio se despedir pois tem uma missão superimportante em algum lugar. – E revirou os olhos.

– Você sempre acerta. Queria muito poder ficar, mas...

– ... mas os puros não deixam você nem menos descansar. – Liv completou minha fala da forma como achou mais adequada.

– Eu gosto de me sentir útil. Trabalhar para o bem maior me dá paz e plenitude. Eu descansarei quando a Terceira Realidade criar raízes fortes na nossa galáxia.

– Não se iluda, Madhu, sempre haverá uma missão – disse ela, soltando o pincel na mesa de canto, que estava toda manchada de tinta, e voltando-se na minha direção. – Mas eu entendo o que você disse, eu também gosto de me sentir útil. Você gosta do seu trabalho, e é isso o que importa.

– Adorei essa pintura! – elogiei, apontando para a tela que Liv finalizava, a pintura de uma bela borboleta de asas prateadas.

– Foi inspirada em você. Saiba que você não será a mesma quando voltar dessa missão.

– Em breve estaremos juntas, Liv. Você vai até enjoar de mim.

Eu queria contar a ela que existia um projeto com uma possibilidade grande de eu vir a nascer no planeta Terra como filha dela, mas não sabia se podia fazer isso. Primeiro eu precisava consultar Tarala. Nos projetos encantatórios, os mínimos detalhes são importantes. Talvez o simples fato de ela saber que seria minha mãe na Terra mudasse toda a probabilidade, e o plano poderia não mais se tornar viável.

– Você vai ao planeta Terra me visitar? – perguntou Liv.

– Como já havia prometido.

– Foi bom te ver, Madhu. Boa sorte na sua missão.

– Obrigada. Se a gente não se ver mais aqui em Shandi33, nos veremos na Terra. Boa sorte por lá.

Nos despedimos, peguei o que precisava e fui para a Ala9, onde ocorreria minha partida para Avalon. Mais uma vez faria uma missão sozinha. Eu me despedi de todos da Ala9, ouvi as últimas orientações de Shavanna, subi em minha nave de viagem planetária – uma nave bem pequena, para apenas um piloto – e parti em direção ao planeta Avalon, onde seria iniciada para poder manifestar o segundo plano existencial com pureza.

***

Avalon era um planeta peculiar, com uma forte presença da força feminina bem predominante. Ele

CAPÍTULO 14

é conhecido como o planeta das poderosas fadas sacerdotisas. Estava prestes a conhecer uma realidade que nem Larissa, em sua mais pura conexão com o segundo plano existencial, poderia imaginar.

A bordo da nave, atravessei camadas densas de nuvens cinzentas de diversos tons, e então pude ver algo similar ao que Larissa criara no espaço entre mundos, porém com beleza e encanto ainda maiores.

Como a força gravitacional de Avalon era fraca e o magnetismo, peculiar, havia em Avalon ilhas flutuantes. Pude ver uma imensa ilha flutuante, belíssima, com muita vegetação, rios e cachoeiras. Nos desfiladeiros, as águas dos rios se transformavam em um nevoeiro denso e escorriam pelas bordas da ilha como vapor em um caldeirão de bruxa. O nevoeiro escorria lentamente até a superfície do planeta, numa cachoeira de névoa. A nave passou pela ilha flutuante e desceu, deixando a ilha acima. Então, penetrou o denso nevoeiro que escorria da ilha flutuante e voou debaixo da ilha, pousando em um vale encantado, cuja vegetação era bem peculiar – as plantas daquela floresta não necessitavam de sol para viver, alimentavam-se da névoa da ilha flutuante. As enormes flores e folhagens eram de cores indescritíveis, pois estavam fora do espectro visível para olhos humanos. O imenso rochedo, que era a base da ilha flutuante, servia de moradia para casulos de minidragões. Esses casulos irradiavam luzes que piscavam lentamente, ou seja, o teto da inusitada relva abaixo da ilha flutuante parecia um céu cheio de estrelas. Eram os casulos dos dragões que iluminavam aquela floresta abaixo da ilha flutuante.

Recebi a instrução de que a rainha de Avalon, a fada Aine, já sabia que eu estava a caminho. Porém, Avalon tinha suas próprias leis morais. Só chega até Aine, a mãe das fadas e rainha de Avalon, quem provar merecimento. Por isso, segundo a instrução que me foi passada, eu deveria pousar na floresta debaixo da ilha flutuante de Oberon, e de lá poderia iniciar minha jornada até a morada de Aine. Foi tudo o que recebi de orientação.

Pousei a nave e desci. O ar era úmido e muito aromático. Como eu tinha a capacidade de ouvir as plantas, fiquei um pouco confusa no início. A vegetação daquela floresta tinha muita sabedoria, e todas as plantas falavam ao mesmo tempo, num linguajar não científico, mas evoluído, que eu pouco compreendia. Tive que bloquear o falatório das plantas – algumas muito curiosas com a minha presença – para me concentrar na jornada. Tão logo bloqueei o falar das plantas, pude ouvir risos de gnomos que me observavam escondidos. Estavam curiosos.

Senti uma dor latejar na cabeça. Instintivamente, levei a mão ao local da dor. Alguém tinha acertado uma pedra na minha cabeça e os risos vinham de toda parte, reverberando no espaço. Olhei ao redor, mas não vi ninguém. Outra pedra veio em minha direção, mas desta vez consegui desviar. Mais risos.

CAPÍTULO 14

– Ha, ha, muito engraçado – falei, com ironia. – Agora poderiam parar de tentar me ferir e aparecer, por favor? Preciso saber onde encontro a rainha Aine.

Então uma minúscula figura – um homenzinho barbudo – saiu de trás de uma imensa árvore de tronco roxo. Ele se aproximou um pouco e parou, mantendo uma distância segura de mim.

– Sinto que deseja fazer troca com Aine, a rainha de Avalon – disse a minúscula figura. Era um velho gnomo. – Pretensiosa você é. Aine é muito ocupada.

– Eu sei. Mas a rainha Aine espera a minha visita. Pode me dizer como posso encontrá-la? – perguntei.

– Gostei da sua bota – disse o velho gnomo.

Então outros gnomos, talvez também interessados nas minhas botas, tomaram coragem e começaram a aparecer. Fiquei rodeada de gnomos.

– A do pé esquerdo é minha – apontou um gnomo com cara de mal-humorado.

– Eu vi as botas primeiro – reclamou o velho gnomo com quem eu conversava, irritado.

– O que mais tem para nós? – perguntou um gnomo jovem de cabelo laranja, todo espetado para cima. Ele era sorridente e parecia muito alegre.

– Eu não trouxe nada. Só vim para falar com a rainha Aine.

Os gnomos pareceram ofendidos. Entreolhando-se, cochichavam entre si, encarando-me com olhos acusativos. Então o velho gnomo disse:

— Como quer receber sem dar nada em troca? — perguntou, curioso e espantado.

— Eu só quero saber onde está a rainha Aine. Não quero nada de vocês. Desculpem-me.

— Você é confusa, é sim, confusa, sim — disse um gnomo rouco e manco. — Quer algo muito valioso de nós, informação valiosa, e diz não querer nada de nós. Confusa essa criatura é.

— Estúpida! — gritou um gnomo na multidão.

— Desculpem-me. Sou nova aqui. Agora eu entendi, preciso dar algo para receber uma informação — concluí.

— Tudo bem. Então, se eu lhes der minhas botas, vocês me dizem onde posso encontrar a rainha Aine?

— Não é uma troca muito justa. A informação que quer é valiosa, mas vemos que mais nada tem a criatura confusa além de confusão. Não queremos te ver pelada — caçoou o velho gnomo, e gargalhadas ecoaram por toda a floresta.

— Certo.

Eu tirei as botas, dei dois passos na direção dele e parei numa distância segura, para não assustá-lo. Eu era muito grande perto dele. Coloquei o par de botas no chão e voltei para onde estava antes.

CAPÍTULO 14

O velho gnomo correu até o par de botas. A bota era maior que ele. Pegou a do pé direito, examinou, cheirou, fez careta – não entendi o porquê da careta, eu sou zeptoide, não tenho chulé – e então a arrastou com dificuldade para longe de mim. Outros gnomos vieram correndo até o outro pé da bota e começaram a brigar por ele.

Eu fiquei olhando o velho gnomo, esperando a informação.

– Ah, sim, claro! – exclamou ele, percebendo que faltava pagar a sua parte. – Siga até o Lago da Gratidão e pegue uma embarcação de ônix. A água a levará até Aine – completou, apontando para uma determinada direção.

Agradeci, subi descalça na nave e parti na direção que o gnomo me indicara, para o Lago da Gratidão. Voei sobre a floresta dos gnomos, atravessei a cachoeira de névoa e saí debaixo da ilha flutuante, seguindo na direção que me fora dada, à procura de um lago.

O planeta Avalon tinha um imenso satélite vivo, chamado Titânia, quase tão grande quanto Avalon. Era um satélite semelhante ao planeta Terra, com um imenso mar – porém de água doce – e muita vegetação. Titânia era colossal e ficava muito próximo de Avalon, por isso tomava grande parte da vista do céu. Imagine: como uma lua gigante, parecendo quase encostar no planeta de tão próxima; era assim que eu via Titânia. E ela falava, e falava alto.

— Poderia ter perguntado a mim — disse Titânia —, não teria lhe pedido nada em troca.

— Eu não sabia. Fui orientada a procurar os gnomos — respondi telepaticamente, enquanto voava em alta velocidade pelo céu de Avalon.

— Interessante! — retornou Titânia. — Talvez queiram que você conheça este planeta e seus seres.

— Estou no caminho certo? — perguntei. Estava frustrada por ter perdido minhas botas à toa.

— Sim. Siga mais três mil e cinquenta e sete quilômetros e você verá o Lago da Gratidão. Boa sorte — disse Titânia, e se calou, voltando-se para dentro de si mesma.

Então eu entendi por que Marion Zimmer Bradley canalizou "As brumas de Avalon" — inconsciente de que estava canalizando, lógico — com tantas brumas. Sobre o imenso Lago da Gratidão pairava uma densa e imensa névoa. Só pude ver as margens do lago e mais nada. Todo o restante estava oculto pelas brumas.

Pousei às margens do gigantesco lago, que mais parecia um oceano. Desci e tentei localizar alguma embarcação. Não havia nenhuma embarcação em lugar algum da margem visível aos meus olhos.

— Olá — soou uma suave e angelical voz. Era o espírito da água do Lago da Gratidão.

— Olá — respondi telepaticamente. — Pode me levar até a rainha Aine, mãe das fadas? — pedi.

CAPÍTULO 14

— Somente grande gratidão a levará até Aine. Haveria grande gratidão em seu coração, alienígena? — indagou a água.

Então eu me lembrei da gratidão que senti quando me fundi ao coração da mãe Terra ao mergulhar no Lago Titicaca, e me lembrei também de quando entrei na Ala33, de Shandi33, e mergulhei na Fonte Criadora de tudo que é, e respondi:

— Sim, tenho grande gratidão.

Então vi uma embarcação negra e brilhante saindo de dentro do denso nevoeiro sobre o lago e lentamente se aproximando da margem, onde eu estava. Era uma embarcação pequena, e nela não havia ninguém. Subi na embarcação, toda feita de pedra ônix, e fiquei surpresa quando a vi flutuar com tanta leveza sobre as águas do lago.

Eu me sentei na embarcação, mas ela não saiu do lugar. Olhei ao redor, à procura de um remo ou algo do tipo, e então a água começou a rir.

— Sou eu quem te levo, mas, para mover minha força condutora, você precisa derramar em mim a gratidão que existe em seu coração.

— Como faço isso? — perguntei.

— Basta sentir. A gratidão é o combustível mais poderoso que há. Com gratidão você pode ir aonde quiser. Sinta gratidão e pense aonde quer chegar e para lá eu a conduzirei — disse a água.

A REALIDADE DOS SETE

Comecei, então, a trazer à memória toda a minha gratidão pela Fonte Primordial de Amor que sempre esteve em mim, me guiando e protegendo. Nunca estive abandonada em nenhum momento de minha vida. Senti gratidão pela perfeição do universo e pela diversidade de vidas que nele há. Gratidão pelas experiências únicas que tive, pelas pessoas incríveis que conheci, pela misericórdia divina, por Sananda, o governador galáctico, pela oportunidade de viver em Shandi33... E então a embarcação começou a se mover, penetrando a densa névoa que me cegou. Não senti medo, pois a gratidão dissipa o medo. Continuei brotando gratidão em meu coração e senti como se fosse explodir de tanto amor que existia dentro de mim. Eu me senti feliz, plena, completa. E a embarcação ganhou velocidade. O silêncio penetrava em meu ser, e eu não pude ouvir mais nada, nem mesmo a água, apenas meu coração batendo e a gratidão crescendo. Então, quando menos esperava, cheguei. Abri os olhos, e lá estava: o reino de Aine, mãe das fadas e rainha de Avalon.

CAPÍTULO 15

Fiquei completamente maravilhada ao abrir os olhos. Parecia uma floresta gigante, com árvores imensas de troncos muito grossos, nos quais observei uma singela porta em arco. Em algumas delas havia escadas que serpenteavam seus troncos até se perderem de vista e, ao longo de cada tronco, em diversos níveis de altura, mais portas e imensas casas suspensas como cúpulas de um cogumelo. A floresta, coberta pela vegetação e por nuvens densas de tempestade no céu, era uma penumbra.

Fui recepcionada por uma fada sacerdotisa. Ela usava uma capa marrom de mangas longas com um capuz sobre a cabeça. Tinha os cabelos rosa presos, e seus olhos enigmáticos eram rosa-claros; e notei uma marca de meia-lua em sua testa.

— Seja bem-vinda ao reino de Aine. Eu sou Anna – saudou ela. – A mãe das fadas a aguarda.

Então ela virou-se e começou a andar. Eu a segui. Conforme andava pela trilha de areia branca e fina, pude observar fadas de diversos tamanhos e formas me olhando com curiosidade. Algumas fadas sacerdotisas realizavam uma cerimônia mágica dentro de um imenso círculo de pedras. Havia flores e plantas magníficas e enormes por toda parte.

Quando saímos da vegetação mais densa, pude ver uma imensa esfera luminosa suspensa a poucos metros do chão, bem no centro de todo aquele reino de Aine. Era o palácio da mãe das fadas e rainha de Avalon, pude sentir. Sua ressonância magnética era muito forte, e a leitura foi fácil. Aine me aguardava.

Eu me coloquei bem abaixo da esfera luminosa, ao lado de Anna. A luz da esfera derramou-se sobre nós, e então começamos a levitar, e em seguida fomos engolidas pela esfera de luz.

Dentro da esfera de luz havia um mundo à parte, tão majestoso quanto tudo o que eu já havia visto naquele planeta.

No alto de uma colina, pude ver um feminino castelo perolado, com formas curvilíneas delicadas, rodeado por quedas d'água e cachoeiras. A vegetação verde e lilás subia pelas paredes do castelo, abraçando-o com ternura. Eu e Anna atravessamos uma ponte sobre um rio onde as cachoeiras ao redor do castelo

CAPÍTULO 15

caíam com delicadeza. Anna abriu a imensa porta branca leitosa do castelo e entramos. Passamos por um hall de entrada, com um belíssimo jardim interno, onde havia uma linda árvore de folhas bem amarelas no centro. Entramos em um amplo ambiente bem iluminado, em cujo centro uma pequena fada, ainda criança, delicada e meiga, estava sentada em posição de lótus sobre uma almofada de cetim branco. Para minha surpresa, aquela pequenina criança era Aine, a rainha das fadas.

Eu me aproximei de Aine e ela sorriu, com olhos brilhantes e meigos como os de um bebê puro de coração.

– Venha! – ela me chamou. – Sente-se aqui comigo – convidou.

Eu me sentei ao seu lado e novamente ela sorriu. Seu sorriso era hipnotizante de tão lindo e doce, e transmitia tanta luz e pureza que cheguei a me emocionar.

– Obrigada por me receber, majestade – agradeci.

– É sempre um prazer poder ajudar a confederação de nossa galáxia – respondeu ela.

Era estranho ver uma criança tão delicada e pequena, como uma menina de quatro anos de idade, falando como adulta. Ao mesmo tempo que era meiga e delicada, Aine impunha respeito quando falava com sua voz suave como uma melodia angelical.

— Tarala Shanata, sua mãe, é uma grande amiga minha. Ela me pediu que a ensinasse a manifestar com pureza o segundo plano existencial. E assim será feito – afirmou Aine.

— Como? – perguntei.

Eu só sabia que estava lá para aprender a representar o segundo plano existencial com pureza, e assim poderia fazer parte de Os Sete, substituindo Larissa. Mas nada me foi dito sobre como eu aprenderia a manifestar o segundo plano existencial.

— Você será transformada em uma fada e, assim, manifestará com pureza o segundo plano existencial. Porém, saiba que nós, fadas, somos criaturas muito poderosas, não é qualquer alma que tem atributos e virtudes necessários para se tornar uma fada de Avalon. Por isso, você precisa fazer uma iniciação, será desafiada e, então, será capaz de se transformar em fada.

— Qual é o poder de uma fada? – perguntei.

— As fadas têm o poder de controlar a lei da ilusão. Dessa forma, somos capazes de controlar as emoções de todos os seres e, assim, também a realidade. Podemos tanto remover quanto criar ilusões. Geralmente, só criamos ilusões na mente de ignorantes, com o intuito de proteger locais sagrados. Só usamos nosso poder quando é realmente necessário, para o bem da natureza. Somos protetoras da natureza.

— Como será a minha iniciação?

CAPÍTULO 15

– Aqui, em meu reino, existe o grande lago do Lodo Profundo. Você vai mergulhar no Lodo Profundo como uma semente estelar e de lá renascerá como uma verdadeira fada.

– Vou perder o corpo zeptoide e nascer em um novo corpo? – perguntei.

– Sim! – Aine respondeu com alegria e brilho nos olhos, como se aquilo fosse maravilhoso para mim, como se fosse um grande presente.

E lá iria eu novamente mergulhar nas profundezas não sei de onde, morrer e renascer em um novo corpo. Eu gostava do meu corpo zeptoide, mas não era apegada a ele. Na verdade, nunca senti que aquele corpo androide sintético representava minha verdadeira natureza. Talvez estivesse mesmo na hora de renascer. E estava feliz em poder renascer num planeta tão encantador e mágico como Avalon.

– Obrigada, majestade. Estou pronta. Serão quantos dias de iniciação?

– Isso depende de você. Nas profundezas do lodo terá de se livrar de todas as ilusões humanas. Toda dor e tristeza terá de morrer, pois uma fada é a manifestação da alegria mais pura que existe. Sinto que sua metamorfose será rápida, pois vejo em seu campo magnético que já esteve mergulhada no coração do planeta Gaia e, assim, conhece a alma da natureza. Não se preocupe, tenho certeza de que vai conseguir.

Novamente agradeci à pequenina e doce fada, mãe de todo o reino das fadas e rainha de Avalon.

– Que o espírito da natureza esteja sempre com você – desejou Aine, despedindo-se.

Fui contagiada pela doçura e alegria de Aine, estava animada para começar minha iniciação. Eu me levantei e saí acompanhada de três fadas sacerdotisas; Anna e mais duas que surgiram sem que eu notasse. Saímos do castelo de Aine, e também da esfera luminosa.

Caminhamos vários quilômetros por uma trilha de areia morna, branca e fina. Nesse momento, fiquei feliz por ter perdido as botas, era maravilhoso pisar descalça naquela areia. E, após uma longa caminhada, chegamos no Lodo Profundo.

Era um imenso lago de lodo marrom, tenebroso, sórdido e viscoso, rodeado por vegetação, semelhante a um pântano sombrio. Eu olhei para as três fadas que me acompanharam, caladas, até aquele local. Anna quebrou o silêncio e disse telepaticamente: "Sabe o que deve ser feito. Então faça! Pelo bem da mãe natureza".

Àquela altura da minha vida, eu não tinha mais medo da morte. O pior que me poderia acontecer seria perder meu corpo zeptoide. Mas, se isso acontecesse, bastaria ir até Shandi33 em consciência, e Boston criaria um novo corpo para mim. Boston odiaria saber que destruí o corpo zeptoide do modelo de Aisha, que ele criou com tanto apreço.

CAPÍTULO 15

Parei de pensar em Boston e lentamente entrei no Lodo Profundo, que ia me engolindo como um monstro faminto. Após dar três passos dentro do lodo, fui engolida para sua profundeza abissal, onde meu corpo foi rasgado e minha alma, retirada. Meu subconsciente humano desprendeu-se de mim, levando consigo todos os programas ilusórios criados para a sobrevivência humana, e toda a minha humanidade se foi para o abismo do além. Eu estava vazia, sem vida, pequena como uma semente solitária e abandonada no lodo da perdição e da dor.

Eu não queria continuar ali no sofrimento da ilusão da separação, sabia o que deveria ser feito. Enfrentei o medo e mergulhei mais fundo, atravessei todas as camadas do planeta Avalon e cheguei ao seu centro, morada do coração e da alma de Avalon. Assim como fiz ao mergulhar no coração da mãe Terra, fiz em Avalon, minha mais nova mãe.

Gaia era uma jovem mãe, uma criança doce, gentil e muito sonhadora, que dormia. Já Avalon era bem diferente de Gaia. Avalon era uma grande e sábia sacerdotisa madura, enigmática, observadora e profunda. Ela estava bem acordada. Avalon nada disse, apenas observou. Ao unir meu coração ao de Avalon, senti o imenso amor profundo que emanava de sua alma. Avalon era um avatar de mão divina. Fui preenchida por esse amor, o amor puro da natureza divina. Minha luz foi se expandindo, atravessou todas as camadas do planeta até chegar à semente estelar que eu era, e lá estava, plantada no Lodo Profundo. Fui banhada de luz e comecei a germinar.

Fui crescendo e ganhando vida. Fui percorrendo com minhas raízes aquele lodo pegajoso, até chegar à superfície, e então o botão de esperança nasceu em meu coração. Minha alma subiu ao céu, atravessou camadas claras e escuras, penetrou uma camada dourada e então uma camada gelatinosa com as cores do arco-íris, e foi nessa camada que me foi entregue o poder de controlar a ilusão. Continuei subindo, passei por uma camada de neblina rosa suave e, então, finalmente alcancei a Fonte Criadora de tudo que é. A Luz da Fonte Criadora engoliu tudo o que existia. Tudo era Luz. A verdade era Luz. Ali não havia ilusão.

Pedi à Luz de tudo que alimentasse o botão de lótus que eu era. A Fonte emitiu um raio de sua Luz até meu botão e então fui sendo preenchida de novos sentimentos que só uma fada compreende. Fui desabrochando, meu coração foi-se abrindo. E de dentro dessa flor eu nasci. Eu estava lá dentro, no miolo da flor, abraçada pelas pétalas de lótus, encolhida, nua. Senti minhas delicadas asas pela primeira vez. Parecia tão natural ter asas.

Agora eu era uma fada. Uma verdadeira fada. Meu corpo era delicado e macio. Agora eu tinha apenas um metro e cinquenta de altura, era magra, tinha pele muito clara, dedos finos e compridos, e pernas finas. Foram-se embora os fartos peitões de Aisha e seu corpo forte de lutadora. Eu parecia uma adolescente de

CAPÍTULO 15

onze anos, delicada e frágil. Mas a fragilidade que meu corpo transmitia era uma ilusão. Eu era muito mais poderosa do que em um corpo zeptoide do modelo Aisha. Agora eu tinha poder sobre a lei da ilusão.

Toquei meu cabelo, era macio e sedoso. Observei a cor; voltara a ser acobreado. Então notei que eu era agora muito parecida com a Madhu que tinha sido em corpo humano. Mas agora eu era uma Madhu aprimorada. Finalmente tinha um corpo natural que representava minha verdadeira natureza.

Bati as asas e voei até a margem do lodo, onde Anna e as outras duas fadas sacerdotisas me aguardavam. Anna tinha em suas mãos um delicado vestido verde, que eu deveria vestir.

As três fadas sorriam e me receberam de forma muito amistosa, muito diferente de quando eu era uma zeptoide. Depois que me vesti, elas me ofereceram um copo de leite com mel. Bebi com avidez. Foi a melhor coisa que já bebera na vida.

Anna me deu de presente um delicado colar, com um pingente de cristal esculpido em forma de uma pequena fada. O brilho do cristal me fez sentir alegria pela primeira vez. Alegria de fada é intensa e maravilhosa. Indescritível.

Anna colocou o colar em meu pescoço. Ela tinha sido contagiada por minha alegria e ria feliz. Eu peguei a pequenina fada de cristal pendurada em meu pescoço e admirei sua delicadeza. Eu estava muito alegre.

– Obrigada, Anna! É tão linda! Acabei de descobrir que adoro cristal e coisas que brilham.

As três fadas sacerdotisas riram.

– Pensei que ficaria por séculos no Lodo Profundo, como geralmente acontece com sementes extraterrestes – disse Anna.

– Estamos surpresas com a rapidez com que desabrochou – admirou-se a outra fada.

– Nasceu mesmo para ser uma de nós! – comentou a terceira fada, com alegria.

– Sim – concordei. Foi a primeira vez que notei minha nova voz, que saiu como um sino de vento, melodiosa, fina e suave. – Sinto que este sempre foi meu destino, minha verdadeira essência – concluí, surpresa.

Percebi que, como fada, não poderia jamais mentir: existia em mim uma integridade natural e indestrutível. Eu me sentia parte da natureza, que me acolhia e me abraçava. Sentia um único desejo; o de proteger a natureza, que era a minha natureza. Esse era o único desejo que existia em mim.

Passei a ver os humanos como criaturas estranhas, complexas e confusas, pois me dei conta da infinidade

CAPÍTULO 15

de desejos que existiam em mim quando eu era humana. Agora tudo era mais simples e claro. Pela primeira vez compreendi, de fato, a escolha de Larissa. Um ser do segundo plano existencial se diverte criando realidades ilusórias. Para uma criatura do segundo plano existencial, era muito difícil viver no terceiro plano existencial, era doloroso e muito confuso. As coisas no segundo plano existencial eram muito mais simples e divertidas.

Antes de partir de Avalon – agora meu planeta mãe –, agradeci a Aine e me despedi, com a certeza de que um dia voltaria para viver ali, por milênios a fio.

Ao atravessar o Lago da Gratidão, voando com minhas asas cristalinas, a água me pediu que eu visse meu reflexo em sua face. Obedeci à consciência da água. Fadas sempre obedecem aos grandes espíritos da natureza. Não acreditei no que vi ao observar meu reflexo na água. Era eu! Aquela era eu mesma como nunca fui. Orelhas pontudas e delicadas, olhos cor de âmbar claro e cristalino, nariz delicado e levemente arrebitado, boca desenhada e sardas na maçã do rosto. Agora eu era a verdadeira Madhu.

Cheguei ao local onde havia estacionado a nave. Eu ainda sabia pilotar. Não havia perdido a capacidade de me comunicar com a pedra de creptina com a qual precisava me conectar para conduzir a nave. Como fada, eu não precisava viajar em uma nave, podia atravessar portais sagrados presentes no universo.

Em Shandi33 havia diversos portais sagrados, e com toda certeza estariam abertos para minha passagem. Porém, precisava levar a nave de volta. Já bastava eu ter perdido um corpo zeptoide do modelo Aisha, o modelo mais moderno que existe na galáxia.

E, com a certeza de que um dia voltaria para habitar meu planeta mãe, Avalon, parti rumo a Shandi33, para continuar cumprindo minha missão e, assim, proteger a natureza de Gaia.

CAPÍTULO 16

Pousei a nave no hangar da Ala9 de Shandi33.

Tarala, Behosa, Shavanna e outros amigos do setor de segurança intergaláctica estavam lá para me receber.

Minhas asas eram reais, existiam, e eu podia senti-las como qualquer outro membro do corpo, porém, somente em Avalon eram visíveis. E, somente em Avalon, com sua gravidade peculiar, eu era capaz de voar com elas.

Minha aparência física e minha alma haviam mudado bastante, mas meu espírito – que é eterno – era o mesmo, por isso eu sabia que os *puros* iriam me reconhecer, pois seus sentidos iam muito além da visão física, eles sentiam a essência do espírito dos seres.

Shavanna e Behosa pareceram surpresos ao me ver como fada. Tarala sorriu, ela estava feliz.

– Que bela surpresa! – exclamou Tarala. – Não és mais uma sementinha, minha filha. Você floresceu e tornou-se uma bela fada – disse, orgulhosa. – Não imaginei que Aine fosse transformá-la em fada. Se isso ela fez, é porque sentiu que sua essência era pura e seu destino era ser uma fada.

– Seja bem-vinda de volta, Madhu – saudou Shavanna, telepaticamente. – Precisaremos fazer alguns ajustes em sua missão, não esperava que fosse trocar de corpo. O que aconteceu com o corpo zeptoide do modelo Aisha que estava usando?

– Lamento, Shavanna, o corpo Aisha foi destruído – informei.

– Boston ficará inconformado. Mas a culpa não é sua. Você cumpriu seu dever – disse Shavanna.

– Seria interessante examiná-la. Foram raras as oportunidades que tive de estudar o DNA de uma fada – comentou Behosa, olhando para mim com curiosidade.

– Primeiro vamos deixar Madhu descansar – pediu Tarala. – Ela merece um bom descanso antes de voltar ao trabalho.

Tarala estava certa. Eu precisava descansar, adaptar-me a minha nova existência e curtir um pouco a vida em Shandi33.

CAPÍTULO 16

Fui para minha casa em Shambala. A inteligência artificial da casa não me reconheceu, e tive de tocar a campainha. Demorou alguns bons minutos até Liv atender à porta.

— *Koi samasya hai?* — perguntou Liv, em sânscrito, ao me ver.

Liv também não me reconheceu. Ela pensou que eu fosse um androide sem alma em forma de fada. Liv não gostava muito de androides sem alma.

— Sou eu, Liv, Madhu! A amiga que a inspira a criar obras maravilhosas, como a pintura de uma borboleta.

— Madhu? Não mesmo! — Liv caiu na gargalhada.

Fui contagiada pela alegria dela e também comecei a rir descontroladamente. A alegria de uma fada é potencialmente maior vinte e duas vezes à alegria que um ser humano pode sentir.

— *Cashambolas fu Zurion*, não é possível! — exclamou Liv, surpresa. — Os puros adoram mesmo usá-la como ratinha de laboratório.

— Este corpo é orgânico, Liv, não é um corpo zeptoide. Nasci em Avalon. Incrível, né?

— Isso é demais! Então agora tenho uma amiga fada, de verdade!

Entramos na sala de socialização. Bastet veio me receber; ela sempre me reconhecia, independentemente do corpo em que eu estivesse. Observei que Bastet tinha a ilusão de ser a dona da casa e minha dona. Achei fofa a ilusão de Bastet, sorri e a acariciei.

Na mesa central da sala havia um enorme projeto arquitetônico, no qual Liv parecia estar trabalhando.

– Revolveu estudar arquitetura, Liv? – perguntei.

– Estou projetando uma cidade em Fernando de Noronha, onde vou viver na Terra.

Eu me aproximei do projeto e dei uma espiada. A suposta ilha Fernando de Noronha a que Liv se referia parecia ter se fundido com um imenso continente estranho no centro do oceano Atlântico. O mapa do planeta Terra estava completamente errado.

– Liv, este mapa está errado. A geografia da Terra não é assim.

Ela revirou os olhos e disse:

– É assim que o mapa da Terra será quando eu for viver lá. – Ela apontou o continente no meio do oceano. – Esse é o continente Atlântida. Fernando de Noronha é o que havia sobrado desse continente que voltará a existir. Ou seja, eu vou reinar em todo esse novo continente que surgirá. É muita responsabilidade. Por isso já estou projetando tudo que terá de ser feito nesse novo continente. Ainda nem sei que nome eu darei a ele. Talvez seja melhor os humanos escolherem o nome; afinal, a Terra é o planeta deles de origem.

No enorme continente havia diversos anexos de túneis que se conectavam a moradias de cúpulas de

CAPÍTULO 16

vidro. As cidades projetadas por Liv, naquele novo continente, tinham formatos de mandalas, eram lindas e diferentes de tudo o que eu já tinha visto na Terra.

– Você é mesmo criativa. Está incrível, Liv!

– É, eu sei, sou incrível e criativa. Mas vamos falar de você agora. Como foi que você se transformou numa fada? Terá de me contar tudo. E hoje terá uma festa na praia de Shambala. Ah, Madhu, nem venha com desculpas dizendo que não pode ir, por favor. Você será a grande celebridade da festa. Uma fada genuína, de Avalon! Nunca tivemos uma fada de verdade aqui em Shambala. Imagine a cara de Keshava! – Novamente Liv caiu na gargalhada e eu fui contaminada pela alegria dela.

– Ok. Eu vou à festa. Mas sem essa de celebridade. Por favor, Liv, não faça estardalhaço com a minha presença. Só quero curtir a festa como uma moradora comum de Shambala – pedi.

– Comum? Ah, Madhu, você nunca foi comum. Nem mesmo quando era humana do planeta Terra.

Tive de substituir todas as roupas que eu tinha no baú do quarto por roupas menores. Agora que eu era fada, estava bem menor e mais magra do que quando era zeptoide, e até do que quando era humana da Terra. Nem mesmo meu antigo traje de festa, o sari, me servia mais. Liv conseguiu para mim um novo sari minutos antes do início da festa na praia de Shambala. Era um sari perolado e brilhante, e eu amei aquele brilho todo. Muito delicado, de tecido leve, perfeito para o corpo miúdo de uma fada.

Saímos juntas para a festa. Eu estava alegre como nunca, saltitando de alegria, como uma criança, aproveitando a vida em Shambala com leveza e sem preocupações.

A praia estava linda, iluminada pela luz da imensa lua virtual, e o mar cintilava com um leve verde esmeralda em suaves ondas, passando tranquilidade só de olhar. Pela primeira vez pude sentir e ouvir o espírito da água de Shandi33; uma consciência iluminada, muito evoluída e pacífica. A areia morna, branca e fina acariciava meus pés, e a brisa do mar brincava com meu cabelo.

Não adiantou nada pedir a Liv que não fizesse estardalhaço com minha mudança. A maioria dos híbridos e zeptoides não notou que eu era a Madhu em um corpo diferente, ficaram curiosos, e Liv saiu me arrastando e me reapresentando para todos. Virei celebridade em Shambala do dia para a noite. Ninguém ali havia conhecido antes uma fada de verdade. Fui bombardeada de perguntas sobre Avalon e o reino das fadas. Todos estavam animados em poder falar com uma fada real. Quando me cansei de bancar a celebridade, usei meu poder de controle da ilusão para que as pessoas não mais se interessassem tanto por mim. Então todos se esqueceram de mim e se afastaram, e eu pude curtir a festa em paz.

CAPÍTULO 16

Uma famosa cantora, Enyastia, foi convidada a cantar sua mais famosa melodia – "Profundezas da Alma" – na festa de Shambala. Enyastia surgiu como uma deusa no céu de Shambala – em imagem holográfica, pois vivia num distante planeta chamado Kiva –, sob as águas do mar. A doce melodia atraiu todas as atenções em sua direção. Eu fechei meus olhos e senti toda a verdade e sabedoria que a música transmitia em sua ressonância. Quando a melodia acabou, Enyastia penetrou a lua holográfica e se foi.

Eu estava me divertindo muito com Liv. Foi quando avistei o Niki. Ele se aproximou de mim, curioso, e perguntou:

– Então você é mesmo a Madhu?

– Oi, Niki. Pois é, sou eu mesma – falei.

Havia muito tempo não sentia mais nada por Niki, o androide sem alma por quem fui apaixonada. Sem contar que uma de minhas almas gêmeas, Willy, usara o corpo de Niki por um bom tempo, pois seu corpo natural tinha morrido, salvando minha vida. Então Willy saiu do corpo de Niki para encarnar no planeta Terra, e assim Niki voltou a ser um androide zeptoide sem alma. Voltou a ser professor em Shambala.

– O que você quer, professor Niki? – perguntou Liv, sem paciência.

Ela não gostava nem um pouco de androides sem alma.

A REALIDADE DOS SETE

– Só estava curioso para conhecer uma fada e rever uma velha amiga – disse Niki.

– Madhu não é sua amiga. Nenhuma pessoa inteligente vai querer ser amiga de uma máquina sem alma – retrucou Liv, com grosseria.

– Liv! – exclamei, advertindo-a do quão rude estava sendo com Niki.

– Qual é, Madhu? Ele não vai ficar magoado. Niki não tem sentimentos e sabe que o que eu disse é verdade – Liv se defendeu.

– Sim, Liv tem razão – disse Niki. – Foi interessante revê-la em corpo de fada, Madhu. Espero poder compartilhar mais experiências com você no futuro.

– Humpf! – Liv chiou, revirando os olhos, antes que eu pudesse me despedir cordialmente de Niki.
– Tchau, Niki! Já matou a curiosidade. Agora já pode voltar para o seu grupinho das inteligências *ar-ti-fi-ci-ais*. Nós aqui, seres com alma, não queremos sua companhia. – Liv deu as costas para Niki e ele se foi.

– Qual o seu problema com os androides sem alma, Liv? – perguntei curiosa, pela primeira vez.

– É uma longa história.

– Estou com tempo agora.

– Tá! – Liv se afastou do nosso grupo de amigas e eu a segui. Ela se sentou na areia, em frente ao mar

CAPÍTULO 16

iluminado pela luz da imensa lua, e eu me sentei ao seu lado. Então ela começou a contar: – Nasci de um lote muito grande de híbridos. Três mil híbridos, para ser exata. Naquela época, estava havendo uma terrível guerra em Órion. Os tutores de crianças e bebês estavam em falta, pois muitos precisaram ir às pressas para a guerra. Então Boston teve a *genial* ideia de produzir zeptoides tutores para cuidar e educar os híbridos recém-nascidos. Fui amamentada e cuidada por uma zeptoide sem alma. Só fui descobrir que a minha cuidadora era uma máquina sem vida quando tinha quatro anos de idade.

Percebi que aquilo ainda doía em Liv. Ela não conseguiu continuar a história, mas nem precisava. Eu compreendi.

– Acho que sei como você se sente, Liv.

E sabia, pois eu também havia sido enganada por um zeptoide sem alma, Niki. Foi uma dor muito grande que senti quando descobri que o androide por quem eu estava perdidamente apaixonada não tinha alma. Eu havia superado, porém Liv ainda estava no processo de autocura.

– É, pois é... androides sem alma são perigosos e uma bosta. Não deveriam existir.

– No planeta Terra, conheci pessoas que se pareciam com androides sem alma. Pessoas sem sentimentos e sem empatia. Essas, sim, eram perigosas, pois, além de não sentirem compaixão, ainda eram vingativas. Porém, elas existem, assim como os androides sem alma.

– O que está tentando dizer, Madhu?

– Aquilo que a machuca é fruto de uma ilusão. Precisou faltar para você buscar o que há dentro de você, adormecido. Busque esse amor materno dentro de você e se preencha dele. Reprograme sua mente. Libere o programa ilusório que a faz sentir não ter sido amada na infância e substitua pela verdade, a de que você é e sempre foi amada, que você sabe o que é ser amada pela mãe das mães que habita em você e que sempre esteve com você em todos os momentos de sua vida. Permita-se ser amada pela verdadeira mãe, nossa mãe divina. Ela é real. Está em nós, conosco, a todo momento, nos abraçando a cada vez que sofremos. Abra seu coração e poderá sentir essa verdade.

– Como? Como você fez para superar o trauma que Niki causou?

– Cansei de esconder nas profundezas do meu subconsciente tudo o que me machucava. Cansei de ter medo da verdade. Eu encarei meus inimigos internos de frente, pronta para a luta. Me perdoei, deixei que fossem embora em paz. Eu me curei. Ou seja, basta parar de tentar *tapar o Sol com a peneira*, como costumam dizer os humanos da Terra.

– Mas como você fez isso? É fácil falar. Mas não é tão simples assim na prática.

CAPÍTULO 16

– É simples demais. E, por ser óbvio, você nem vê. Não adianta eu ensiná-la a minha técnica. Ela não servirá para você, pois somos diferentes. O seu caminho é só seu. Para trilhá-lo, basta ir até a Fonte Criadora e deixar que ela a guie.

Liv ficou pensativa por um tempo.

– Quem diria! Há pouco tempo você era uma humana primitiva, infantil e idiota. E veja agora: me orientando como uma verdadeira conselheira iluminada. – Liv começou a rir, e eu me contagiei com o divertimento dela, caindo também na gargalhada.

– O mundo dá voltas, não é mesmo!?

– Por isso que os orgulhosos e arrogantes são tão estúpidos. Um dia você está lá em cima ajudando e, de repente, você se vê lá embaixo, sendo ajudado por aqueles que agora estão à sua frente – concluiu Liv.

– Será que vamos nos encontrar na Terra? – perguntou ela.

– Tenho certeza que sim.

– Como pode ter certeza? Você sabe alguma coisa que eu não sei?

– Sei. Mas não posso dizer.

– Por favor, Madhu! Não se pareça com os puros. Sabe que detesto segredinhos.

Senti naquele momento que não haveria problema em contar para Liv o que eu sabia.

— Eu vou nascer na Terra como sua filha. Ou seja, passaremos um longo tempo juntas.

— Está falando sério? — perguntou, retoricamente. — Isso é incrível! Vou amar ter você como filha. Prometo tentar ser uma boa mãe.

— Tenho certeza de que será.

Liv ainda não havia descoberto, mas estava prestes a despertar e descobrir seu verdadeiro propósito de vida. Ela tinha a essência da mãe divina e manifestaria sua essência na Terra como uma padroeira do amor materno. Liv teria muitos filhos, pois adotaria toda a humanidade, e eu seria sua única filha biológica, sem nenhuma distinção com relação aos seus outros bilhões de filhos adotivos.

CAPÍTULO 17

Após meu descanso merecido, voltei a trabalhar na Ala9 como agente de segurança intergaláctica. Passei um tempo adaptando os treinamentos de um agente de segurança para as novas e diferentes habilidades de meu novo corpo.

Agora eu fazia parte de Os Sete, que estavam vivendo na Ala9, e que também se preparavam para a missão na Terra.

Após alguns dias de ajustes e treinamento, nós, Os Sete, fomos convocados para uma importante reunião no auditório da Ala9, onde finalmente nos seria explicado detalhadamente qual seria nossa missão no planeta Terra, e o que deveríamos fazer.

No auditório havia muitos seres alienígenas de diversas espécies, alguns presencialmente, mas a maioria holograficamente. Eu estava ao lado de Shavanna, junto com meu grupo, Os Sete.

— Estamos todos aqui, pois o momento chegou. A Fonte Criadora deu o comando. Gaia começará a despertar de seu sono profundo em pouco tempo. O quarto cavaleiro do apocalipse já está a caminho da Terra — disse Shavanna telepaticamente.

— É chegado o momento de todos assumirem seus postos. A grande e última mudança vai começar — disse o Capitão Mastara, com sua voz chiada de serpente, penetrando nossas mentes.

— Serão três dias e três noites de escuridão — começou Tarala. — Nesse período difícil, todos estaremos incansavelmente a trabalho do planeta Gaia e de toda vida que nela há.

Então Shavanna tomou a palavra:

— Os Sete vão imediatamente descer à Terra, e cada um assumirá seu posto em um chacra do planeta, que são sete. A missão de Os Sete será ativar os sete chacras do planeta Terra. Cada chacra manifestará um plano existencial com a ajuda de um dos membros de Os Sete, que vai se fundir com a energia do chacra da Terra. A manifestação realística dos sete planos existenciais criará uma aura na psicosfera da Terra, cobrindo todo o planeta e unindo os sete planos existenciais. Isso criará uma nova realidade de unidade. Abrirá as portas para

CAPÍTULO 17

a quinta dimensão, e fechará definitivamente as portas da era de Kali Yuga, a era das trevas.

Outros líderes da Confederação continuaram explicando detalhadamente o trabalho de cada um nessa grande missão da transição planetária da Terra.

Eu pousaria em um local secreto da Floresta Amazônica, no Brasil, onde uma grande e poderosa pirâmide branca permanecia oculta pela densa vegetação. Era uma antiga pirâmide, construída antes do dilúvio. Era lá que a Kundalini do planeta agora repousava, no chacra basal de Gaia, onde existe uma poderosa e secreta energia *vril*.

Depois da reunião, fomos direto para a Ala9 receber as últimas instruções, e então partimos. Cada um de Os Sete numa pequena mer-ka-bah; sete esferas de luz rumo à Terra. Finalmente a transição planetária seria completa.

***

Minha nave penetrou a densa Floresta Amazônica sem quebrar um único galho das centenárias e sábias árvores que protegiam o complexo de pirâmides sagradas. E lá estava ela: a imensa pirâmide branca. Trepadeiras e diversas outras plantas a envolviam com proteção. O número de fadas ali presentes era surpreendente. Centenas de fadas guardavam aquele local sagrado. Graças às fadas e ao seu poder de criar ilusão na mente humana, aquelas pirâmides nunca foram descobertas. As fadas estavam ali protegendo a grande pirâmide branca.

A natureza me recebeu com alegria e diversas pequeninas fadas vieram me dar boas-vindas. Fechei os olhos e me conectei com a mãe Gaia e toda sua natureza. Solicitei permissão para entrar na pirâmide. Quando abri os olhos, vi uma minúscula abertura na base da pirâmide branca. Entrei por ela, e diversas fadas curiosas me seguiram. Elas não paravam de tagarelar no meu ouvido.

– Por que você não voa? – perguntou uma delas.

Elas podiam ver minhas asas, sabiam que eu era uma fada legítima como elas, mas não compreendiam que eu estava no terceiro plano existencial, apesar de pertencer ao segundo plano da existência. Isso era confuso para elas. Até mesmo para mim.

– Sou grande e pesada demais – preferi dar uma resposta simples, que não deixava de ser verdade.

– Por que você é grande demais? – questionou outra.

– Vocês precisam ficar quietas! – ordenei. – Vim aqui para cumprir a importante missão de salvar a natureza, então parem de tagarelar, preciso me concentrar.

E então elas pararam de falar. Mas continuaram me seguindo, adentrando os corredores da pirâmide. Elas iluminavam o caminho para mim.

CAPÍTULO 17

Cheguei, então, à *arca perdida*, na parte mais profunda da pirâmide. No centro da arca perdida havia um altar e, sobre o altar, o cálice do *Graal*. As dezenas de fadas que me seguiram rodeavam o cálice, curiosas e surpresas, ao sentirem a energia poderosa que havia ali. Uma delas sentou-se na borda do cálice e molhou o delicado pezinho no líquido mágico que o cálice do Graal continha.

– Pare com isso! – ordenei, dando-lhe uma bronca.
– Essa é uma poderosa energia *vril*, não é uma piscina.

Todas riram. Como eu era uma fada, não pude me controlar e também tive um ataque de riso. Alegria em fadas é contagiante e incontrolável.

Eu peguei o cálice. Simplesmente sabia o que fazer. Sentei-me no altar em posição de lótus e me conectei com a mãe Gaia.

Eu e a natureza da mãe Gaia éramos uma só. Senti o coração de Gaia bater no peito. Estava em paz.

– Olá, fadinha, filha de Avalon – disse Gaia em meu coração.

– Estou de volta em seu coração, mãe querida – respondi à mãe Gaia.

Ela também era minha mãe. Fadas podem ter várias mães.

– Sabia que voltaria. Está pronta? – perguntou Gaia, animada.

Eu respirei fundo, fortaleci a conexão com a natureza e respondi:

– Sim, estou. Quando quiser, mãe amada.

– Então beba!

Eu bebi todo o líquido que estava no cálice sagrado, e então começou o despertar de Gaia. O chão começou a tremer. Mãe Gaia estava acordando. Minha consciência se expandiu com a consciência desperta de Gaia e tudo pude ver. Terremotos e maremotos por toda parte, a terra sacudindo sua sujeira e a água vindo em seguida, lavando tudo. Atlântida começou a brotar das profundezas do oceano Atlântico como uma bela flor de lótus. Por toda parte, vulcões cuspiam labaredas de fogo. Era um belo espetáculo. Muito antes de acontecer, Beethoven previu esse espetáculo e o transcreveu em sua nona sinfonia: *Ode à Alegria*.

Alegria! O mais belo fulgor divino, era a emoção presente na atmosfera de Gaia. A magia de Gaia voltou a unir o que antes era dividido. Todos os seres que estavam no seio da natureza beberam da alegria, do santo Graal.

O chacra basal de Gaia foi o primeiro a se abrir, e os demais chacras se abriram logo em seguida. Penetrei em seu chacra, acordei a Kundalini com um canto mágico de fada e, assim, comecei a girar em seu redemoinho de energia. Minha mais pura essência de fada se manifestou, e tal essência fazia agora parte da Kundalini do planeta. A Serpente de Luz começou a

CAPÍTULO 17

subir, com sedução e encanto, e criou uma poderosa egrégora em torno de todo o planeta. Os umbrais deixaram de existir. Todos os seres umbralinos vagavam agora pela face da Terra, perdidos, desorientados, sem saber para onde ir.

O belo cavaleiro do apocalipse, em seu imenso cavalo amarelo esverdeado, galopava elegante e ferozmente por toda a face da Terra, e, com o tridente do poder que lhe foi concedido pelo sexto plano existencial, arremessava as almas perdidas para fora da Terra. Essas almas eram acolhidas por uma nave de transição – por irmãos amorosos – e exiladas de Gaia.

Foram três dias e três noites de olhos fechados, na arca perdida, no interior da pirâmide branca, sentindo a mãe Gaia acordar, se espreguiçar, se levantar, e só então abri os olhos. Estava feito.

As dezenas de fadas que estiveram o tempo todo comigo, assistindo ao despertar de Gaia, aplaudiram. Estavam em festa. Eu me contagiei com a alegria delas. Foi uma explosão de alegria. Gaia também riu.

E essa foi a maior de todas as minhas missões. A Terceira Realidade, que no passado eu havia plantado, germinou. Suas raízes estavam fortes e indestrutíveis. Não havia mais volta. Mãe Gaia agora era um planeta de regeneração, e seus filhos com ela despertavam e entravam para a quinta dimensão consciencial, agora com sete sentidos, unidos à Fonte Criadora, unidos à mãe Gaia, manifestando os sete planos existenciais com equilíbrio e plenitude.

Felizes os homens de boa vontade, pois seus esforços foram recompensados e agora eram os herdeiros de uma Nova Terra, mãe Gaia, onde maravilhas seriam criadas. Onde a paz, a beleza e a harmonia reinariam entre os homens e a natureza.

Fim?

Oh, é claro que não. Este foi apenas o começo.

grupo novo século

Compartilhando propósitos e conectando pessoas
Visite nosso site e fique por dentro dos nossos lançamentos:
www.novoseculo.com.br

ns

- facebook/novoseculoeditora
- @novoseculoeditora
- @NovoSeculo
- novo século editora

gruponovoseculo.com.br

1ª Edição: Julho 2020
Tiragem: 5.000 exemplares
Fonte: Warnock Pro